DIARY OF A YOUNG NATURALIST

荒野里的家
一位青年博物学家的日记

DARA MCANULTY

〔英〕达拉·麦卡努蒂 著
王巍 王艳莉 译

人民文学出版社

著作权合同登记号　图字 01-2022-3506

DIARY OF A YOUNG NATURALIST by Dara McAnulty
Text © Dara McAnulty 2020
All photography © McAnulty Family 2020
Published by arrangement with Babel-Bridge Literary Agency
through Bardon-Chinese Media Agency
Simplified Chinese translation copyright © 2023 by Shanghai 99 Readers' Culture Co., Ltd.
ALL RIGHTS RESERVED

图书在版编目(CIP)数据

荒野里的家：一位青年博物学家的日记/(英)达拉·麦卡努蒂著；王巍，王艳莉译. — 北京：人民文学出版社，2023(2025.4重印)
（自然文学译丛）
ISBN 978-7-02-017581-9

Ⅰ.①荒… Ⅱ.①达… ②王… ③王… Ⅲ.①散文集-英国-现代　Ⅳ.①I561.65

中国版本图书馆 CIP 数据核字(2022)第 210763 号

责任编辑	卜艳冰　杜玉花　周　展
装帧设计	钱　珺

出版发行	人民文学出版社
社　　址	北京市朝内大街 166 号
邮政编码	100705

印　　制	杭州钱江彩色印务有限公司
经　　销	全国新华书店等

开　　本	889 毫米×1194 毫米　1/32
印　　张	9.5
字　　数	169 千字
版　　次	2023 年 1 月北京第 1 版
印　　次	2025 年 4 月第 2 次印刷

书　　号	978-7-02-017581-9
定　　价	58.00 元

如有印装质量问题，请与本社图书销售中心调换。电话：010-65233595

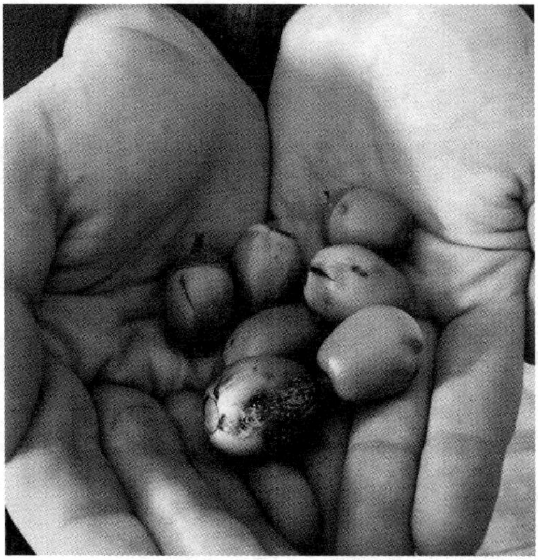

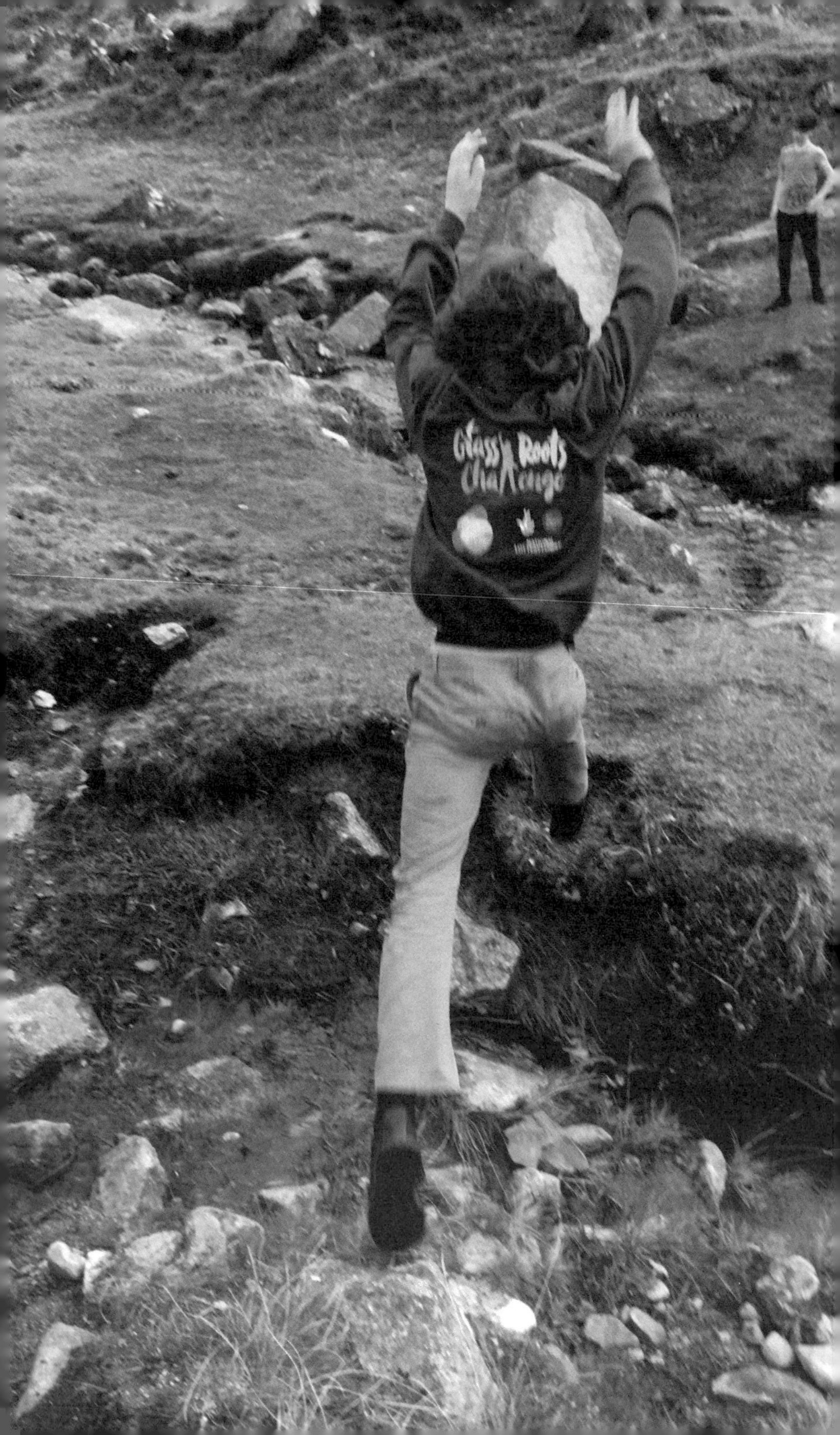

目录

序 1

春 1

夏 77

秋 159

冬 221

特殊词汇表 279

致谢 291

给我的家人

序

这本日记依四时季节，记录了我的生活，从春到冬，叙述了发生在家里、田野里，以及我内心的桩桩件件。从北爱尔兰东部的费马纳郡，到西部的邓恩郡，本书讲述了一个家庭如何举家迁移，经历了郡属及生活环境的改变，还有我个人情感及想法的变迁。我叫达拉，一个少年，一颗橡子。在我还是婴儿的时候，妈妈喜欢叫我"lon dubn"（爱尔兰语的乌鸫），就算现在，有时候她还会这么称呼我。情感上我是一个自然主义者，不过理智上我觉得未来自己会成为一名科学家，而身体上，我却已经因为自然遭受大肆破坏、生物危机被如此无视而深感疲惫。本书的字里行间，记录了我与野生生物的联系，试图展示我看待世界的方式，也描述了我们一家人如何度过生活里的起起伏伏。

最开始写作本书的时候，我家住在一幢非常普通的平房里，周围邻居家家房门紧闭，孩子们都被关在家里，空巢老人会用剪子修剪自家的草坪和花园，你没有看错，这是我亲眼所见。就是在这个地方，我写下了本书的第一句话，虽然不时有奇思妙想，可惜笔力不足，落于笔端的就是二者纠缠的结合体。也是在这个地方，我们家的花园（跟这条断头路上的别人家都不一样），每到春夏两季，都会变成开满野花、昆虫出没的草地，我们还弄了一个标牌，上书"蜜蜂和蜜蜂"①，插在花园的长草里。我们一家人会长时间地观察自家繁密茂盛的花园，别的花园可没有这么葱茏，不时有藏身于窗帘后面的邻居，对我们皱眉头，但不管别人如何侧目，我们都当作看不见，依然故我。

之后我们搬了家，从东搬到西，换到一个新地方。这其实也不是我们第一次搬家了。在我短短十几年的人生里，我们多次搬家，过着一种近似流浪的生活。不过每次我们安顿下来，家里总是很快就堆满了各种书籍、头骨和羽毛。家里人都关心时政，常常各抒己见，畅所欲言。总之，家里有笑有泪，日子有苦有甜。有人觉得家是一砖一瓦盖起来的，不过我们家更像四处伸展的菌丝一般，延展出一张网络，牵系着一家人的生活，所以不管搬到哪里，我们总会很快落地生根。

我的父母祖辈都是工人阶层，父母都是家里第一代大学生，至今仍然怀抱通过自己努力让世界变得更好的理想。这

---

① "Bee and Bee"，谐音"家庭旅馆"（简称 B&B，全称为 Bed and Breakfast）。

意味着我们在物质上并不富有。不过妈妈的说法是："除了钱，我们富裕的地方多着呢。"爸爸是——且一直都是——一名科学家（以前是海洋学家，现在是环保科学家）。他研究荒野的奥秘，发掘其中的规律，并向我们揭示大自然的神秘。妈妈的职业生涯则同她涉水过河的情状相似，就从来没有沿着一条线笔直地走过。她做过音乐记者，做过公益类工作，也做过学术研究——现在这些事情她都还做一点，同时还要在家里自行教育我九岁的妹妹布拉希奈德。布拉希奈德这个名字的意思是"盛开的花朵"，现阶段她是一位仙子专家，可以给你讲各种关于昆虫的知识，她养了蜗牛当宠物，并会修家里所有的电器（修电器这件事儿，妈妈完全不擅长）。我还有一个弟弟，叫洛肯（意思是"勇猛的人"），十三岁。他自学音乐，是有本事让我们在惊叹佩服他的同时又困惑不已的人物。他也热爱冒险——会幻想从高山上一路狂奔下来，或从悬崖上一跃入海，以堪比中子星的能量，精力充沛地度过每一天。再就是罗西，一条被救助的格力犬，我们在二〇一四年收养了它。它肠胃不好，经常放屁，有一身斑纹，小老虎一般的模样。我们叫它小靠垫，它是非常棒的伙伴，特别能帮我们减压。至于我嘛，我喜欢静静地思考，双手总是沾满了泥土，口袋里总是塞满了各种死物，（有时）还会把动物粪便放进口袋。

在坐下来正式写这本书以前，我一直在写博客。喜欢我博客的读者还真不少,他们不止一次跟我说,我应该写一本书。其实这挺不可思议的,因为以前有个老师跟我爸妈说:"你儿子根本没法完成阅读理解的功课,更不用说写出一段文字了。"不过现在你也看到了,我连书都写出来了。我的声音像火山爆发一样,咕嘟嘟冒了出来;我的烦闷,我的激情,都随着我的写作,喷薄而出,泼洒到这个世界上。

　　我们一家人不仅有血缘的联系——除了爸爸,我们家人都患有自闭症。爸爸是家里与众不同的那个人,我们都依赖他,他负责帮我们解密这个世界,不管是关于自然界,还是关于人类生活。我们可以说是特立独行的一家子,尽管生活不是那么井井有条,不过我们内心都很强大。我们家人彼此之间的关系,就跟水獭家庭一样,非常亲密,一家人抱着团儿,携手并肩,在这个世界探索前行。

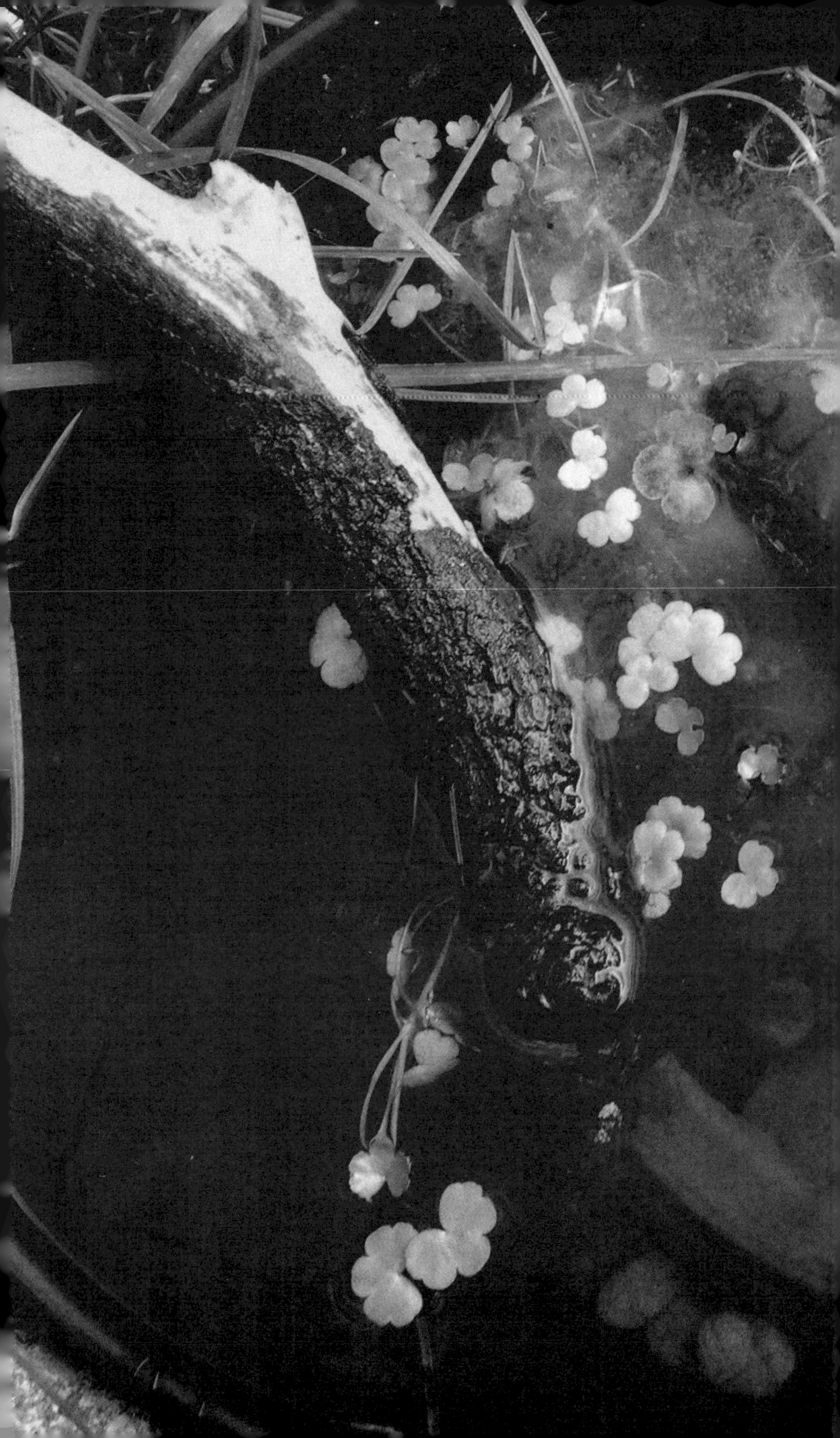

春

在黑暗里，我的梦境被打断了。梦中我正朝着水面游去，想要呼吸到新鲜空气，这时耳边传来了婉转如长笛般的鸟鸣。卧室的墙消失了。床和花园之间的距离也在不断拉近，直至连成一片。我身体未动，却好像在不断上升，然而睡眠的沉重使我不得自由。一个个音符不停地落在我的胸前。此时一只乌鸫在我的脑海浮现。随着黎明的到来，处处响起鸟鸣，交织成一支奏鸣曲，鸟儿们在晨曦中用悦耳的鸣叫呼朋引伴。随着鸟儿们的交响乐，我逐渐清醒，开始思考，大脑由此开始了一天的活动。

春天因地而异，对我来说，春天就是环绕着我的，每日里不断变幻的景色和声音，由天空至地底，这种光影声响的变化最具魔力。春天也是那只从我家路过的青蛙，说起来还是我们刚刚搬来的时候——甫一见面，青蛙女士二话不说，就在路上给我们留了一摊蛙卵。它那原本隐秘的迁移路线，也没能逃过现代文明，这不免让我们感到沮丧。不过我们还是满怀希冀地挖了一个类似水池的庇护所：在花园里先挖了个坑，把一只桶埋下去，里面装了水，放了花盆碎片、鹅卵石和一些植物，在出入口放了几根小棍子遮挡。到底能不能帮到青蛙，我们也不清楚（要想挖得更深，就只能请专业的工人，才能挖穿花园的泥砾层——在恩尼斯基林，像我们这样的郊区花园里，也有幸拥有这样的土层）。不过，第二年，我们又遇到了青蛙女士，这位两栖朋友，在草地上跳了一曲，甚至还有另外一只青蛙的加入，给我们的水桶救护区留下了蛙卵作为礼物。我们欣喜若狂，从山脚下都能听到我们的大声欢呼，就连开往斯莱戈或都柏林的车流声响，也有一瞬被我们的欢呼声盖过了，我们的欢呼声甚至和附近水泥厂的机械轰鸣差不多响亮。

四季时光的流逝由熟悉的事物——按时展开，每年都为我们带来一轮惊喜和新奇，每次都如同初见。兴奋的涟漪久久不散。崭新的体验一如既往地让心变得柔软。

野生紫罗兰最先冒头，麻雀在下水道里啄食苔藓，空气如此充盈，就仿佛知更鸟挺起的小胸脯一般鼓胀。蒲公英和陆莲花也开了，一片金灿灿，仿佛是在给蜜蜂发信号，告诉它们现在出来没危险，终于可以出来啦。春天就是要观察万物复苏。布拉希奈德每天都会数有多少朵雏菊开了花，以此庆祝春天的到来。等开花的雏菊够编一个王冠了，她就会变身"春之女王"——要是还有多余的，她还会编手环和同款戒指，凑足三件套。有时候，运气特别好的时候，雏菊花多到够做整整一周的饰品，她就会送全家人各种雏菊做的礼物，放在房子里不同的地方。

别人不止一次跟我说，我是一个晨曦宝宝，总会在黎明醒来。我出生在春季，出生后的那些清晨，都是伴随着雄乌鸫的悦耳鸣叫，歌声滋养了开始成长的幼小心身。或许雄乌鸫的歌唱，引发了我对自然最初的向往。召唤着我。我常常会想起圣凯文，想象着他站在那里，伸出双手，托着一个乌鸫鸟巢，直至小鸟羽翼渐丰。格伦达洛的圣凯文是一位隐士，在自然中寻求精神慰藉。渐渐地，越来越多的人去拜访这位圣人，向他寻求建议和教导，隐修群体人数不断增加。

我喜欢关于圣凯文的故事，可能是因为在我的坚信礼上，我也选了这个圣贤的名字作为我的教名。虽然我现在觉得坚信礼的仪式，更多的是一种"成年礼"，圣凯文的名字对我还是非常重要的，甚至现在变得更为重要，因为他的事迹说明，人类永远无法停止对自然环境的干预，并由此改变了人与自然的平衡。也许圣凯文对此也深有感触，特别是在越来越多的追随者来到他身边以后。

鸟儿的鸣叫乐音如此丰富。即使在鸟儿最多的地方，我也能一一分辨不同的鸣唱。鸟儿的鸣唱是春天最初的召唤，唤醒了之后的诸多事物。鸟儿的歌声带着我回到很小的时候：我那时三岁，不是沉浸在自己的内心世界，就是与天上飞的、地上爬的各种生物为伍。这些生物我都能理解，可是我不明白人是怎么回事。我等待着清晨的日光照进父母的房间，洛肯窝在爸妈中间。我在倾听鸟儿歌唱，鸟鸣响起的同时，第一缕阳光正好照在窗帘上。缕缕金光照出了我一直等待的身影：一只乌鸫站上厨房向外伸出的房檐，歌唱着召唤大家，仿佛一位了不起的信使，给人们，不管是睡着的还是醒来的，传递黎明的消息。

乌鸫一来，我就可以长舒一口气。它的到来，意味着今天就会跟之前的每一天一样，有个完全一样的开始。这是一种对称和谐，如发条般精确。每天清晨，我都会聆听，抚摸阴影，不想打开窗帘，不想吵醒其他人。我一点儿也不想打破这静谧的时刻。我不要让外面的世界进来，外面的世界总是那么忙碌、吵闹、混乱不堪。所以我聆听，我观察——鸟儿小嘴和身体的些许动作，电话线笔直的线路，鸟儿鸣唱变调中间三十秒的间歇。

我知道"我的鸟"是只雄鸟，因为有一次我悄悄下楼，仅有的一次，从天井的门张望出去。天灰蒙蒙的，不过它就在那里，一如既往在同样的地方。我默数并记下了每一次鸣唱间隔，然后又悄悄上楼，观察窗帘上影子的嬉戏。乌鸫是我每日生活的指挥家，日复一日，很长时间都是如此。有一天歌声却突然消失了，我感觉世界仿佛要崩溃了。我不得不重新寻找一个在清晨苏醒过来的方式，也因此学会了阅读。

先是关于鸟类的书,然后是关于所有野生生物的书。书里必须有精确的绘图,以及大量的信息。书籍为我与梦里的乌鸫架设了桥梁。书籍让我跟鸟类实实在在地发生了关联。我了解到,只有雄乌鸫才会如此卖力地鸣唱,也明白了,鸟儿的鸣叫都有特定缘由,比如为了保卫领地,或者吸引伴侣。它们并不是为了我、或者别的什么人而歌唱。在秋冬时节,没有鸟儿鸣唱的陪伴,确实非常不好受。不过阅读教会了我,乌鸫还会回来。

春天让你的内在发生变化。万物都仿佛更轻盈。只能向上向前,没有其他选择。春天里日照更多,时间更充裕,活动更丰富。过去的每一个春天都仿佛融汇在一幅画卷里,内容如此充实,如此多姿多彩。还有那最初的、令人难忘的第一个春天,依旧刻骨铭心,依旧栩栩如生:这个最初的春天,开启了我对墙外和窗外世界的热爱。春日里的一切,都仿佛一种温柔的催促,呼唤我去倾听,去理解。世界变成了多维的世界,而我也生平第一次理解了外在的世界。我开始感受最细微的事物,与之交融,直到我与周遭完全合而为一。要是这个世界没有被飞机、汽车、声音、指令、问题、眼神交换以及快速对话这些我跟不上的事物所贯穿,那该多好啊。我将自己屏蔽于噪声之外,也屏蔽制造噪声的人群;我对树木、鸟儿以及小而僻静的空间敞开自己。这些小而僻静的空间都是妈妈帮我找的;在公园里、森林中、海滩上,她几乎不假思索就能找到，而且一直孜孜不倦地帮我寻找。很显然，只有在这些地方，我才会放开自我：歪着脑袋，专心致志，一脸严肃，全身心感知周围的景致与声响。

半梦半醒之间，我忽然意识到天亮了，清晨鸟儿的合唱也停了。睡魔消失，该起床上学去了。最近，我能感觉到自己的变化。我马上要十四岁了，可那只乌鸫，那位我每日生活的指挥家，对我来说，还是一样重要，跟我三岁的时候没什么区别。我仍然喜欢对称和谐，凡事必须精确。唯一的变化是，出现了另外一种觉醒：一种写作的需要，写出我日常的生活、看到了什么、感受如何等等。在生活、考试还有种种期许（最高的期许来自我自己）的多重冲击下，我写出了这些日记，而这些日记变成了我沉睡与清醒之间，在这个生生不息的世界中，不可或缺的一环。

三月二十一日　星期六

三月到来，按理说应该是春暖花开的时节，可今天站在花园里，我感觉仿佛周身裹了一个冰球。雪花飞舞，寒气逼人，一扫昨日的明媚春光。倒春寒让花园里的鸟儿们遭了罪，这些鸟已经是我们家的一分子了，于是我赶忙去家附近的园艺中心又买了一些粉虫鸟食，把放在厨房窗外的喂食器都装得满满的。喂食器远远地放着，离房子有三四米的距离，这样才能保证人鸟邻里相安，互不相扰。就在几天前，我们的蓝山雀还跑来查看鸟笼，花园里处处鸟语，仿佛演奏着一支希望协奏曲，今天却一下子变天了。鸟儿们承受力强，不过突然的降温，还是令我们为之担心不已。

上周我们去了阿奇代尔城堡乡村公园，爸爸的办公室就在公园里。在一棵老橡树的枝丫间，我感受到了春日温暖的气息，如今想来，那感受仿佛梦一场，竟好似不曾发生过。大家觉得，我对自然的热爱，是随了我爸爸。我对自然的了解和欣赏确实深受爸爸的影响，不过我与大自然的联系，早在我还在妈妈肚子里,还在通过脐带吸收营养的时候就开始了。性格天生还是后天兴趣?应该说是两者皆有吧。热爱自然也许是天性使然,我天性就是如此,不过若是没有父母和老师们的鼓励,没有随时可以接触大自然的机会,对自然的热爱也不会变成我日常生活的一部分。

我的名字"达拉"(Dara),在爱尔兰语里是"橡树"的意思。我坐在阿奇代尔城堡老橡树的枝丫上,感受着这棵在这块土地上生长了近五百年的老橡树的生命律动,仿佛紧紧抓着童年的最后一线时光。

我看着花园里一只苍头燕雀,鸟冠上带着五彩的斑点,它站在我家的柏树上。原本常绿的柏树,因为下雪,现在覆上了一层白色。苍头燕雀桃粉色的小胸脯突然挺了挺,因为有两只金翅雀也落在了柏树枝头,一只橘黄带着黑,另一只浅黄夹着点点墨黑。而知更鸟,则一如既往地昂首阔步,来回巡视,以免自家地盘被不速之客抢去。此前就有四只雄鸟加一只雌鸟混战,羽毛纷飞,一顿互啄。知更鸟攻击性强,据说不管对手是谁,不把对方脖子扭断绝不罢休,不过花园里吃的东西那么多,有许多种子和坚果,还有时髦的虫味零食,知更鸟们会不会还为了抢食搏命,就很难说了。

一只欧歌鸫在雪地上跳来跳去,捡食我们撒在地上的种子,小家伙还发现了几个啃了一半的红苹果,它开心地啄着苹果,汁水四溅,而我则笑了起来。每年欧歌鸫到访的时间都很奇怪，可谓神出鬼没，这一度让我非常沮丧和难过。不过现在我已经学会了与不靠谱的欧歌鸫理性共处，也学会了感激不定期的相遇，不再心心念念，或怀有预期。嗯，差不多能做到平心静气吧。

晚上我们给爸爸庆祝生日，张罗了一场冬日盛宴：我们又唱又跳，大家还一起吹爱尔兰锡笛（水平都很糟），大声唱歌送别寒冷冬日，呼唤光明。妈妈给爸爸做了一个维多利亚海绵蛋糕——他的最爱。

三月二十五日　星期三

冬季的尾巴让我心情沮丧。似乎只有经过漫长等待，穿过时光之门，才能盼来春和景明。这种等待会把我性格中最糟糕的部分激发出来：不耐烦！不过今天，天气很暖和，周围有虫鸣，我的烦躁不安得到了缓解。摆脱了不时来袭的冬寒之后，春天终于到来了。

今天早上，我们一家去了大狗森林，这是我们最喜欢的地方之一。这片森林是北美云杉种植林，靠近北爱尔兰与爱尔兰的边境，开车过去三十分钟。森林在山上，海拔不低，林间也有柳树、赤杨和落叶松，盛夏还可以看到结满果实的山桑子灌木丛。两座砂岩山丘——小狗山丘和大狗山丘——据说是被施法诅咒了的布兰和西奥兰，它们是爱尔兰传奇英雄芬恩·麦库尔的巨型猎犬。芬恩·麦库尔是猎人勇者，也是传说中的费奥纳勇士团的最后一位领袖。传说里，芬恩的两条狗闻到了邪恶女巫马拉特的气味，然后追了过去。女巫急忙逃走，为了摆脱追捕，她还把自己变成了鹿。但是猎犬们紧追不舍，越来越近，于是马拉特就施放了一个强大的咒语，把猎犬们——小狗和大狗——变成了今天我们看到的这两座山头。

山的名字讲述着这片土地上发生过的故事，而这些故事使得我们的过往仍然鲜活，这一切我都喜欢。同时，地质学家对这一传说的科学解读也令我着迷：山上的砂岩比周围的石灰岩更坚实，在冰川侵蚀的过程中，砂岩挺了过来，在冰河纪坍塌的碎石中仍然坚强耸立。

我看到了款冬花，它们从不再沉寂的地下冒了出来，金灿灿的。白尾大黄蜂急急忙忙地喝水、采蜜、采花粉。蒲公英及其雏菊（或菊科）家族的小伙伴们基本上是春季里最早开花的授粉植物，对生物多样性至关重要。因此无论碰到谁，我都会恳求他们，在花园里保留一丛这样的植物——这并不费什么钱，每个人都能做到。自然已经被我们的人造世界逼到了角落里，而这些小小的坚持，都会对保护自然有所助益。

有时候，想法和言辞仿佛堵塞在我的胸口——即使这些想法和言辞有人听到了，读过了，又能改变什么呢？这样的想法让我沮丧，再加上那些一直在我脑子里盘旋冲突的想法，时常让我突然之间无法好好享受眼前的快乐。

石鹬鸟的叫声把我带回了原本应该所在之处，也就是眼前的森林里。我看着鸟儿把碎石子扔到小径上。日光穿过小径，我低头望去，处处光影闪动。即使是石头路也会动，也会变，因为有日光和鸟儿飞过的身影。每一个时刻都是独特的画面，无法复制。我仔细观察，全神贯注，完全不担心路过的人会怎么看我，因为这地方一般都只有我们一家人。在这里我可以是真实的自己。我可以躺下，盯着地面，如果我想这么做的话。我盯着地面瞧，丝毫不意外，一个小家伙从我鼻尖经过：这回是一只西瓜虫，慢慢地爬着，不知道从哪儿冒出来的、要去往什么地方。我用指尖碰了碰它，皮肤传来一阵刺痒。我喜欢把一个小生物放在手心的感觉，并不是因为我感受到彼此之间发生了联结，而是因为好奇心被满足了。当你凑近了看，你就会完全被吸引——一次又一次，完美的瞬间。其他的一切声音都从你的周围消失了。我移到草丛边，把手指放到草叶间：西瓜虫消失在了矮树丛里。

　　布拉希奈德和洛肯跑在前面，到了一处斜坡，下去就是纳布瑞克布艾湖。爸爸、妈妈和我则不紧不慢地走着，一路谈论着这儿的北美云杉应该换成本地树种。去年的此时此刻，几乎分秒不差，我们登上了山顶，看到了一幅奇景：四只黄嘴天鹅——黄嘴天鹅是唯一真正野生的天鹅，它们温柔、忧郁、优雅地浮在湖面。它们仿佛李尔的孩子们：斐安尼奥拉、奥德赫、奥切拉和康恩，因为被恶毒的后妈阿伊菲诅咒，在德拉瓦拉湖上住了三百年，然后在莫伊尔海中住了三百年，最后在伊尼斯格洛拉岛又住了三百年。

我们小心翼翼，静悄悄地来到了湖畔柳树下的野餐桌边。天鹅们一直在那里，陪伴着我们，我们默默地坐下来，心中既敬且畏。我们感觉如此与有荣焉。我心跳加快，不禁屏住了呼吸。天鹅们悠然自得地游来游去，突然它们开始鸣叫，我凑近想看得更仔细一些，借着柳树光秃的枝丫作为掩护。我坐了下来，一动不动，看着因天鹅准备起飞而激起的一圈圈涟漪。天鹅伸展羽翼，低头引颈，两脚急蹬，身子立起，双掌笨拙地扑腾，推动它们往前冲，直至飞离水面。天鹅们飞走了，一路鸣叫着，仿佛皇家车队出行。它们消失在了西北方向，可能是朝冰岛飞去了。

这样的相逢可遇不可求，想要重现一次，基本是痴心妄想。我朝湖面望去，湖上空空如也，果然今天是不会再遇到天鹅了。

我跟大家一起朝野餐桌走去，心情有些郁郁。我找了一个地方，等待白尾鹞的出现，直至天色变暗。返程的时候到了，我父母交换了一个了然的眼神——他们早就猜到了，因为直到这天结束，我的情绪一直都很低落。到家以后，我就躲到自己的房间，涂涂写写，自怨自艾。今天没有黄嘴天鹅，也没有白尾鹞。

三月三十一日　星期六

　　傍晚的天光里，伴着海面吹来的风，我们乘坐渡轮，航行几千米，从东北海岸的巴利卡斯尔到拉斯林岛去。海鸠和海鸥的鸣叫划破天空的沉寂，我非常激动，难以自抑。

　　今天是我的生日，我很早就醒了，在床上躺了好几个小时，听着远处一只狐狸刺耳的叫声，直至我出生时刻到来（上午十一点二十分）。这一周我都是这样，非常兴奋、紧张，到底为什么会这样，也许我永远都搞不明白。也许是因为我对新地方总是又爱又恨，两种感情并存。气味、声音。别人完全不会留意的东西。还有人群。事情是对，还是错。很小的事情，比如我们是怎样排队等候渡轮的，或者到了拉斯林岛以后，我的表现将面临何种期望。虽然每次旅程结束，我自己在脑子里重演时，都会感觉，回过头看，过程中这种紧张有多么可笑，不过焦虑还是如洪水般汹涌而至。妈妈跟我保证，在拉斯林岛上，我们要么就在室外活动，要么就只有我们单独一家人。"肯定没事的。"她说。

我们到达港口的时候,一群欧绒鸭聚集在那里。在前往预定住上几日的小屋的路上,我对新地方那种习惯性不喜开始减弱。这个地方有其特别之处:这里感觉特别平静。空气如此清新,景致仿佛来自另一个世界,极其丰盈。右边可以看到盘旋的麦鸡,左边有一只欧亚鸳。车窗开着,外面的声音轻抚我们的四肢,因为三个小时的开车加上渡轮旅程,四肢早已僵硬。在看到一群兔子、听到天鹅在头顶鸣叫之后,我们的身体才放松了下来,心情也随之变得愉快。车爬升到了海平线以上,朝岛的西边开去。

我们离投宿的栖息之处越来越近,远远望去,这个地方简直完美:除了传统的石头小屋,视野所及看不到其他的建筑。车子一到达,我就跳了出去,边走边四处探索。很快我就找到了一个湖,湖上有凤头潜鸭,还有灰雁。我走过的地方,不停地有兔子跑出来。这一切简直目不暇接,太多声光色充斥周围,令我头晕目眩。

我能听到远处海鸟的叫声。鲣鸟在水天相接处飞翔,三趾鸥扯着嗓子叫得越来越欢。我伫立着,远眺大海,望见海浪轻轻地翻卷。暮色中,一队白额燕排成人字形飞行。我们才刚刚到达,还会在这里住上好几天,可是我已经开始感觉,等离别到来之时,我会感到多么地失落。我不禁惶恐起来。

我的童年,虽说过得不错,仍旧非常受限,我并不自由。每日的生活都面对着繁华的街道、汹涌的人潮。各种安排，各种期望，压力重重，虽说也有无拘无束感到快乐的时候。此时此刻，站在这么一个非凡而美丽的地方，如此充满了生命力，我的胸口却被深深的焦虑所占据。我迷迷糊糊地走回了小屋，看着影子在夕阳金色的田野里游走。

晚饭后，天空传来各种鸟鸣，我们都停下来，在暮色中倾听。我仔细分辨着每一种鸣唱，突然感觉踏实了。云雀婉转，乌鸫和鸣，草地鹨在欢唱，沙锥鸟飞翔时尾羽振动的独特之声，当然海鸟的声音一直都在。我们在另外一个世界。没有车，没有人。只有野生动物，以及瑰丽的大自然。

这是最好的一个生日。

满月的清辉穿过云层洒下来，我们遥望金星，它高悬在远处房屋之上的天空中。我站在那儿，手冷得都麻木了，鼻子也没有知觉，但心里满满的。这里是会让我感到快乐的地方。我把外套紧紧裹在身上，深深吸气，把一切都吸进来，一点也不想去睡觉，我把这里的记忆和其他珍藏的记忆存放到一起。下次焦虑再突袭我，向我发起进攻的话，我将会有所准备，准备好了战斗，拉斯林岛鸟儿们的鸣叫将成为我的武器。

四月一日　星期日

一整晚的美食和音乐之后，鸟儿们的鸣唱依然在我脑海盘旋，早上我醒了过来，感觉天气不错，一片片蓝天从云层里显露出来。清晨的海非常宁静，波光粼粼。今天是复活节星期日，我们计划去皇家鸟类保护协会西灯塔海鸟中心，这个海鸟中心是北爱尔兰最大的海鸟栖息地，离我们住的小屋也不远。

一大早我跟布拉希奈德以及洛肯一起四处跑，寻找复活节巧克力蛋。这些蛋是爸爸妈妈藏的，藏在干石头墙①的裂缝里、岩石底下、草丛里。这里跟我家那个郊区的小花园可太不一样了，在家里的小花园不消一会儿就能找到所有的巧克力蛋。我们一边跑，一边叫，无拘无束，非常幸福。在这里我们不用拘束自己：因为方圆几里内都没有什么人。

我们出门朝西走，云雀是我们的星期日唱诗班，而大自

---

① "干石头墙"指"drystone"，是一种建筑工艺，墙体直接用石块垒起，不加砂浆黏合。

然是我们的礼拜堂,一直都是如此。有微风轻轻吹,不过天色很明亮。我瞥见几对灰雁,在湖边一个角落啄着草,靠近了以后,我数了一下,一共有八只,蹒跚着朝我们走来,一点儿也不怕生。

到了海鸟中心之后才发现,我们来早了半小时,这也说明了我们的心情是多么地迫不及待。接待我们的是黑兹尔和瑞克——他们在岛上住了有一年了,野生生物的知识极其丰富,对相关工作也充满了感情,所以非常热心地接待了我们。我没怎么讲话,不过这对我来说,算不上有什么不寻常。除了谈及鸟类的时候,我一直就是微笑、点头。即便在谈论鸟类,我表面上看似很自在,但其实并非如此,我感觉心揪成一团。我努力去理解对话,不停地寻找细微差别、面部表情、声调韵律。这些东西经常会过载,超出承受。这时候我就会有意识地脱离出来。我的心跳得太快了。有时候我会从别人身边走开,而自己却没意识到。凡此种种,都可能会有点尴尬。

黑兹尔和瑞克陪着我们朝石阶走去,从石阶下去,就是海鸟栖息地。爸爸妈妈还在跟黑兹尔和瑞克进行成年人之间的客套——要我说的话,那些都是不必要的交谈!我大步走了出去,踏上这九十四级旋转台阶。沿着台阶往下,慢慢露出了嶙峋的崖壁,崖壁上到处都是三趾鸥。双翼展开的暴风鹱,在空中盘旋、翻转、翩翩起舞。此情此景让我内心蠢蠢欲动，在一阵突如其来的兴奋中，我跑完余下的台阶，并沿着观景台一路跑向海边。然后我看到一大群海鸠，听着鸟儿兴奋的鸣叫，我的心也兴奋到快要跳出来。我的双手颤抖着，跟瑞克借了一个三脚架，支起我的望远镜，向海上望去。

我拿着望远镜扫视没多久，就有身着黑白套装的刀嘴海雀进入视野。它们在水里浮浮沉沉，即便海浪不停翻滚，它们仍然神奇地保持着队形。这些看起来非常神气的鸟儿，哪怕在海上漂着，也风采依然。我还看到天空中排成一排的北方塘鹅（我们这儿最大的海鸟），悠然地转向。它们俯冲下海捉鱼时，时速可达惊人的一百公里，不过迄今我仍未见到它们精彩的捕食场面。它们外貌优美，眼睛尤其迷人，眼线精致如画，翼展长达一点八米，我的望远镜刚够捕捉到其中一只的身影。我的耳边充斥着暴风鹱的咯咯嘎嘎的叫声，仿佛它们是在对悬崖及其居民施咒的巫婆。它们是很好玩儿的鸟，会吐出一种腐臭的、亮黄色的油来击退入侵它们巢穴的家伙。我觉得它们非常精致，喜欢看到它们俯冲飞向陆地，那场景引人入胜，有催眠效果。鸟儿们的鸣叫乐曲简直完美。这里没有海鹦，不过原本我也没有期待在这里看到海鹦。

今天天气特别暖和，我觉得特别心满意足。布拉希奈德和洛肯却有点儿待不住了——不是每个人都有耐心静静地观鸟。大人们说我可以单独留下，不过我还是决定跟家人一起离开，去找地方吃午饭。我一点儿也不想走，不过我们说好了，在离岛之前会再来一次。

下午我们到美丽的凯博悬崖徒步。泥地里留下的兔子脚印有浅有深，可以看出脚印的主人们性格各异。兔子又无处不在，它们从一簇簇草丛里突然冒出来，行踪飘忽，歇一会儿，仿佛是想搞懂我们这些人到底是怎么回事儿，然后又消失了。一整天都有鸢和渡鸦的身影不时出现、盘旋，还有一只游隼飞过，迅疾朝下飞，很快就无影无踪。我们一路走，惊起了沙锥和小丘鹬，看着它们惊慌地飞走，我们既惊且喜。云雀和草地鹨不停地盘旋、往上飞，它们的鸣唱遍布我的身心每一处，带我向上，环绕不去。这里还缺蝴蝶翅膀翕动的声音，还有蜻蜓飞来飞去的嗡嗡声，要是加上这些，春天所有的鸣唱就聚齐了。我静静站着不动，完全可以想象出这春之合唱的模样。我暗暗发誓还会再来，下次五月份来。今天真是太美好了！

一路走，一路探索，大家都累了，于是我们开车去了一家小酒馆，吃晚饭兼打台球。我在脑海里把每一个时刻都存档放好，然后在下个星期、下个月，或者在未来某个不知名的时刻，等我确实需要感受快乐的时候，我就可以回想起全部细节。这个近似美人鱼鱼尾形状的小岛，用它塞壬咒语般的魔力俘获了我。我被它深深迷住了。它只有十公里长，两公里宽,但竟如此包罗万象——而我们仅仅看到了很小的一部分。从酒吧回小屋的路上,最后一公里,妈妈跟我一起走路回去,我们想找到非常稀有的金字塔筋骨草,但没找到。看着我们的小屋,它是如此的完美,我的心隐隐作痛。明天就是我们在这里的最后一整天了。

四月二日　星期一

一夜好眠，对我来说，并不常有。我们的世界过于让人眼花缭乱，接收和过滤这个世界，对我来说，非常不容易。拉斯林岛的色彩多为自然色，并且被早春的光线进一步减弱，是我能够接受的色调。亮色会让我感到痛楚，因为它是对感官的一种物理冲击，噪声则让人无法忍受。自然界的声音相对要容易接受一些，我们在拉斯林听到的全部是自然的声音。在这里，我的身体和头脑处于一种平衡状态。这种状态不常有。这意味着我可以与自己、与家人实现真正的连结。这种连结通常不容易做到，因为生活可能非常紧张与忙碌。在这儿，我慢慢悠悠地散步，可以好几个小时独自一人观鸟，想往哪儿走就往哪儿走，随便四处探索。这儿也没人乱丢垃圾，没有什么让人讨厌的东西——除非你不喜欢动物粪便。好奇心会把我带走，带着我去能捡到各种小玩意儿的地方：海鸠和刀嘴海雀的蛋壳（蛋壳是陈年的，渡鸦偷来的）、鲨鱼的卵鞘、贝壳和骨头。在家里，我们有"费马纳时间"，就是相比其他地方来说，在费马纳，生活节奏更为缓慢。不过费马纳时间完全不能跟拉斯林时间比，拉斯林时间感觉更亲切、更自在。

早上醒来，外面刮着风，天空灰蒙蒙的，不过根本挡不住我、洛肯还有布拉希奈德跑出去玩儿。风像刀子一样刮着我们的脸，嘴里灌进来海的咸味，还有清新的空气。尽管天色灰暗，这儿的天空还是感觉非常轻盈、辽远和多彩。它没有郊区天空那种沉重感，或许是因为这儿确实极为开阔。我们又跑到昨天发现灰雁的湖边，细细找寻了一圈。我们跑啊跑啊，不停地跑。今天早上没看到兔子，估计它们正蹲在什么地方躲避大风天。湖水因为大风而汹涌起伏，不过湖上一只鸟也没有。

气喘吁吁，精疲力竭，我们返回小屋，然后妈妈告诉我们，渡轮取消了。开心！我期盼着天气一直都不要变好，开始幻想被困在拉斯林岛上。吃早饭的时候，我提醒大家，我们说好了返程前会再去一次海鸟中心，不过我们没有冒雨走路过去，而是开车去了，虽然距离很近。

今天的鸟少了许多：一小群刀嘴海雀在浪涛上起起伏伏，还看到几只大黑背鸥。尽管天气恶劣，我还是仰起头，望着天空，把全部的细微之处都接收进心底。一只孤独的塘鹅划过天空，它轻快的叫声与我的心跳同步起来。奥克尼人（住在奥克尼群岛上）管它们叫憨鲣鸟，或者太阳塘鹅。在不断飘落的雨中,我听见它的哀鸣,反而感觉很暖心。感觉才过了没多久,妈妈的手就搭在我的肩上了——我完全没意识到过了多长时间。

我们回到海鸟中心室内,喝热巧克力,室内的热气让我的皮肤发红并刺痛。爸爸妈妈在跟黑兹尔还有瑞克说话,我的思绪则飘来飘去。慢慢地,我的手指不再那么僵硬,也不再那么麻木,然后我听到大人们说,我们还要冒雨出去,为了去看海豹。

开车去港口花了很长时间,交通出乎意料地缓慢。我们到达的时候,雨小了,变成了淅淅沥沥的,而不是前面那样瓢泼一般,不过我还是很庆幸穿了雨衣,一路走到了麦凯格酒吧门前的一片小沙滩上。海豹不难找:在翻滚的海浪里,能看到共有六只。我们还看到了欧绒鸭,在海面漂着。雄鸟的羽毛引人注目,非比寻常,相比之下,雌鸟的羽毛则朴实无华。蛎鹬、红脚鹬,还有一只三趾鹬在海藻里啄食,远处还能看到更多的鸟头起起伏伏,细长的脚在冲到岸边的海带里翩翩起舞。有一只海豹身上有一块奇怪的红色突起,是塑料造成的伤口,虽然愈合了,但是那块塑料(不知道是什么东西)还在它身体里。这情景让我的内心燃起熊熊怒火——我们怎么可以如此对待野生动物?

为了让我们的心情好起来,爸爸妈妈带我们去了一个环境非常舒适的咖啡店,在店里我们狼吞虎咽地吃着可丽饼,而爸妈则提醒我们，等下很快就要去麦克福尔农场，因为我们受到邀请，下午晚些时候去农场喂羊。利亚姆·麦克福尔不仅是一位农夫，还是拉斯林岛 RSPB 西灯塔海鸟中心的管理员，一直致力于帮助长脚秧鸡回归。长脚秧鸡在爱尔兰全境都属于极度濒危鸟类。去年有一只雄鸟来鸣叫求偶，但是没有雌鸟回应。今年利亚姆准备了荨麻圃，希望会多少有点儿用吧。说到长脚秧鸡，还有那只受伤海豹的情状，它们让我明白，即使在这里，这么荒凉的地方，也无法逃开人类的介入。到处都可以看到自然界在消失：栖息地在减少，物种在灭绝，还有生活方式在消逝。虽然这里以及许多地方重新变成了保护区，不过保护大自然这个问题还是太复杂了。我自己没有足够的知识理解这个问题，也不具备评论的资格。不过我很清楚，它让我觉得不安。人与自然的平衡一直都不太对劲儿。

这些想法占据着我的思维，一直到晚上，我们在麦克福尔农场喂羊的时候，它们仍然还在我的脑海里。喂羊的感觉很开心。我们不是农民，不过都喜欢动物，然后布拉希奈德说，她将来要当兽医！

回到小屋以后，我们在烛光里阅读。爸爸开始大声朗读达拉·奥康诺拉的《夜之争》，妈妈接着读了几首诗，然后我们一个接一个地去睡觉了，睡在温暖安全的屋子里，任凭外面的浪涛翻滚喧嚣。

四月四日　星期三

黎明悄然而至。风止息了，而这就意味着，我们离开的时刻到了。打扫小屋，整理行囊，我的大脑被这些事情占据，不过内心仍有一种情绪，来来回回，翻滚不息。我们急急忙忙去赶渡轮，都快迟到了。在我内心，一块拉斯林空间出现了，美人鱼鱼尾的形状，它需要再次得到填充。

四月七日　星期六

今天,我从早上就感到抑郁,然后持续了一整天,周遭一直都很压抑。虽然外面的花园里有很多美好的事物正在发生,有鸟儿欢唱,有各种小动物活动,我的心却在郁郁寡欢与极度焦虑之间来回变换。我感觉自己被郊区生活困住了。荒野的风,还有湍急的气流,在我的白日梦里盘旋,在我不安的睡眠里徘徊。焦虑这个敌人又来了,而我的防守却不堪一击。我在自己脑海的迷雾里搜寻,拼命想找到一处记忆,或者一个影像,能让我少流些泪,让我不那么困惑沮丧。我扯过被子盖在头上,把一切都闷到被子下面,然后又时断时续地睡着了。

四月八日　星期日

我又勉勉强强地把自己拖回了这个世界。就连去克拉达自然保护中心这样的开心事,也没能让我内心的愤怒平息下来。接下来的事情,也证明我这几天并不是毫无来由地一直生闷气。我们到达以后发现,在森林的地面,原本盛开着一片银莲花的地方,现在是一道深沟,里面倾倒着泥土和石头,把那片从河岸到野韭菜地之间的空地弄得脏兮兮的。我的内心被深深地激怒了。附近一处闲置的建筑旁停着一辆挖掘机,事情再明白不过了,就是它干的好事。

我们一边走,一边感到愤怒。尽管我看到了树上冒出的嫩芽,还有覆满河岸高处的金叶子虎耳草,但这些都不能让我感到安慰。也有叽喳的柳莺在啭鸣,不过我无心听它们歌唱。

天气逐渐变暖,我们决定去高尔特马科纳尔岩山,这个地方更原始一些,是大理石拱形洞世界地质公园的一部分。有些地方好像从来没有人会踏足,这个地方就是如此,至少我们去的时候，都看不到人。我们把费马纳郡的几处地方称作我们的"游乐场"，这里便是其中一处。我看到了今年的第一只蝴蝶——一只看起来非常疲惫的孔雀蛱蝶。我的胸口震动不已，绷紧的心终于有所松动，呼吸不再那么艰难。我从山脚一路跑到高尔特马科纳尔山顶。山顶的风吹散了我的怒气，愤怒从我的身体里直冲出去，消散在天地间。我摊开手脚躺着，望着天空中的云。我闭上眼睛，把一只手放在胸口，感到心跳平缓下来。我睡了一会儿，家人默契地让我一个人待着。我睡了有一刻钟，仿佛得到了充分的休息。这一周我一直辗转难眠，几个晚上加起来都没有这次短暂的睡眠酣畅。

四月十八日　星期三

今年的第四张"报告卡"让我没机会踏足泥土和草地。我陷在了接连不断的考试里，根本没什么自由可言。学校的教室都特别狭小、幽闭，空气沉闷，周围都是坐立不安的人、叹气声、动来动去的身体，那些沙沙声听起来震耳欲聋。我承受着这些响动的冲击。教室里的色彩太亮了，亮到红色和黄色如刀锋一般切割着我的视网膜。荧光灯亮到完全遮盖了自然光。我看不到外面，感觉自己被关了起来，仿佛困在笼中的野兽。虽然我很喜欢西班牙语课，可是教室太丑了，想要聚精会神简直难如登天。差不多每过一节课，我都得从教室里出来，坐在外面；一动不动地坐着，不断吸气、呼气，让自己消失在一个旋涡里。幸亏学校还有一个"安全空间"——就是一个房间，专为患有不同程度自闭的孩子和那些需要安静空间的人准备的。有的人觉得我在那个房间里太孤单了，其实并不是的。我在那里很安全，我的思想可以延伸，也可以把头脑里的负担丢出去。

我喜欢学校。我真的非常想学到更多东西。可是学校的教学是如此平淡乏味，学校冷漠的氛围也让人无法忍受。学校教我们的东西就如龙头滴水，一滴一滴，枯燥无比，而外面的世界却更易于提炼、理解，你可以全神贯注地观察一朵花、一只鸟、一种声音，或者一只昆虫。学校里则恰恰相反，我从来没法在学校里单纯地思考。我的大脑被色彩、噪声，以及时时要记得有条理诸如此类的事情所淹没。把事情从脑袋里的清单上划掉。时时刻刻压制着焦虑不安。按捺着不让自己失控。

四月二十日　星期五

　　今天早上我没有去学校，因为我受邀在一场教师会议上演讲。这是一场关于"环保学校"的活动。我确实喜欢做这类工作，这是我肩负的一部分使命——我的使命是希望世界变得更好。我必须大声疾呼，告诉大家，我们所有人都能为我们生存的世界、为我们的野生生物做更多的事情。我们都能成为改变世界的一分子。我常常觉得自己在用脑袋撞一堵石墙。

　　今天与会的每个人都非常友好，态度积极，真心诚意地为参加这场会议而感到高兴。凭借数额微小的拨款，许多学校做出了精彩的成绩，大家都为这些改变欢呼喝彩。不过穿过人工培育的花园、走向活动举办场地的路上，一股泥浆的恶臭传了过来。我来这儿是要谈论生物多样性，不过这个地方恰恰缺少生物多样性。不管是恶臭的味道，还是过于规整的花园，都让人喜欢不起来。

　　该我站起来演讲了，我的心跳立马加速。我突然发现自己看不到房间的后面——在公共场合发表演讲的时候，视线盯住远处空白的墙壁，这对我而言是非常重要的辅助。可是这里的讲台太高了，我感觉自己太矮小了，总想拔高自己。房间仿佛开始膨胀起来，我感觉自己沉到了水下。我一边大声读着，一边觉得支撑着我好好站着的那根弦开始刺痛我。我快要崩溃了。我坚持往下读。微笑。站着给人拍照。在陌生的面孔中间尽可能地多说话。然后我突然意识到，我还穿着抓绒外套，怪不得会有汗顺着我的脖子淌下来。这种情况到底持续了多长时间，我完全没概念。等我终于把外套脱了，我对自己非常气恼，因为我在里面穿着最喜欢的一件地下之声乐队的T恤。为什么我没早点儿把外套脱了？我做事没有条理，没办法做好最基本的事情——比如在很热的房间里脱掉外套——真的让我懊丧。这种事情也没办法事先计划好。我好像自己就是做不到，只能依赖别人（通常是妈妈或者爸爸）提醒我。可是这种提醒本身，尤其让我心烦。

我跟爸爸一起回家，车里放了我最喜欢的音乐：冲撞乐队、嗡嗡鸡乐队，等等。我们偶尔交谈，不过其实我只想打瞌睡，把这一天完全屏蔽在外。音乐轻触感官的阀门，声音进入我的内心，把压力释放了出去。

音乐总是能让我感觉更好受一些。到家以后，面对妈妈的提问和微笑，我尽力讲述了一天的经历，说出来的内容也更积极。结束后，我拿着相机躲到了花园里。我没拍任何照片，反而又睡着了，也难怪我晚上会睡不着。

四月二十六日　星期四

　　我坐在房间里写作业，忽然心里一动。我拉开窗帘，把门往两侧推开。我住在角落，在房子最边上，离其他人都很远，在改装过的车库里。爸爸妈妈总是因为晚上我不在他们旁边而担忧，可我不是小孩子了，而且总的来说我很喜欢现在住的房间。我站在外面，抬头往天上看，找到了！一声鸟鸣传来，一只雨燕！它们将在这里住上一百天，今天是第一天。它们来啦！一路从非洲飞来。我们夏季最热情洋溢、最有精神的访客，现在正在我家房顶上叽叽喳喳。

　　在雨燕的一生中，最为重要的时刻之一就是找到安身之所。但是有些人，比如我的邻居，会给花园杀毒，在屋檐中间放塑料或者金属的防鸟尖刺。这种态度无处不在。为了阻止野生动物在居民楼及办公楼的缝隙中繁衍生息，上面这些做法都很常见。还有关于粪便的话题，简直是荒谬。人们总是抱怨说，鸟儿有多么脏。就是这种说辞，让鸟儿的栖息地从我们的家门口逐渐消失。

现在，仅有的一只雨燕在欢快地扑腾——一位前哨侦察兵，或许在侦察可供进食之处，还没有结对，正在找寻伴侣，在等待吵闹的大部队到来，之后会展开纷纷扰扰的领队之争。很难相信，许多幼鸟刚刚飞离巢穴，就独自出发，开始这漫长旅程。难以置信！我不禁思考，人类需要彼此扶助而生存，而野生动物是仰赖我们的善意才能生存。我在傍晚的凉意中瑟瑟发抖，雨燕飞走了，只留下一片空旷的天空，夜幕降临。

回去睡觉前，我看到一根不起眼的绿色茎秆，它羞怯地立在耀眼的蒲公英旁边。一朵细小的粉色花蕾，第一朵草甸碎米荠。田野里曾经到处都是这种娇柔的、不显眼的春季小花，它们一直都是红襟粉蝶来产卵的花朵。极其细小的黄点点儿。今年晚些时候我还会查看花园里所有绿色的茎秆，不过尽管找了很多年，我一直都没找到过蝶卵。这可能是因为没有适合的花田，也或许是因为从我家厨房看到的那片荧光绿的泥浆。

五月十日　星期四

我带着相机，到花园里给一朵蒲公英拍照。这朵蒲公英，花朵从里向外翻卷，就像被风吹翻了的雨伞。它能引起我的注意，是因为我很喜欢蒲公英。它们让我觉得像阳光一样，而且如果你有耐心等待，就一定会看到有什么小家伙落在蒲公英的花朵上面。对于那些即将出现的授粉昆虫，蒲公英是非常重要的食物来源，花是那么的金黄，即使在天色最灰暗的日子，只要看到它，心情就会舒畅起来。这一朵笔直挺立，非常自豪，不像别的蒲公英那样在风里摇来摆去，花开得也不一样，与众不同。

现在，草地碎米荠花开得也不少了，第一支紫斑掌裂兰也从地里长出来了，也不知道今年会不会比去年多：去年可是有整整十三支！突然，从头顶寥寥的几朵云里落下了雨滴，啪啪地打在蒲公英花朵上，唯一安然无恙的，就是引起我注意的那朵。

蒲公英让我想起了我是如何封闭自己的，我把自己屏蔽于世界上许多东西之外，它们要么会让我在看到、摸到时感到痛苦，要么会因为我对人敞开心扉而引来不被理解的嘲弄。那些欺凌。那些我为之付诸热情、为之振奋、为之倍感喜悦的事情所遭受的嘲讽侮辱。多年来我一直保持缄默，不过现在这些东西化作词句，多少被表达出来了一些。

　　我仰起头，让雨落在脸上，伸出舌头接着雨滴。

五月十一日　星期五

　　植物不停地长出来，令我欢欣鼓舞。在花园里，在学校操场，甚至在我家房子周围的街上，到处都生机勃勃。我的情绪平静多了，心跳剧烈的情况少了很多。我能感觉到自己与自然融为一体，又开始沉浸于每时每刻，接受一波又一波的讯息，全身心地接受。

　　童子军活动结束后，我们决定来一次深夜散步，去利斯纳斯基的一个小公园。利斯纳斯基是一个小镇，离恩尼斯基林不到二十五公里。今晚挺暖和，灯光朦朦胧胧，有飞来飞去的摇蚊，令我们不胜其烦。突然，在树林间苇丛里的各种鸣叫中，传来了水蒲苇莺特别悦耳的鸣唱，一时仿佛只能听到这一种鸣唱。我驻足聆听。不一会儿，两只水蒲苇莺对唱起来，一只站在带刺的铁丝网上，另一只则立在柳枝上；一只在阴影里，另一只则选择了站在灯光下。它们的啁啾把我感受到的所有眩晕般的惊奇，都变成了美妙的歌曲。有时候我会想知道，对于这样的相逢，别人如何回应。听到水蒲苇莺的歌唱，他们是否也倍感荣幸？水蒲苇莺从撒哈拉一路飞来，落到这里，用欢快热情的歌唱，装点我们的夏天。

爱德华·托马斯，这位阵亡于第一次世界大战战壕的诗人，把一生的诗歌，都在生命的最后两年里写了出来，他完美地描述了与水蒲苇莺的相遇：

它们的鸣唱没有歌词，没有曲谱。
却如此的甜美，于我犹如珍宝。
比最甜美的声音唱出的最甜蜜的词句，更为珍贵。
五月的最美——这些小小的棕色鸟儿。
如智者般反复吟唱，
这奥义无人知晓，校内校外都未学过。

香蒲草丛上方，飞着一团花虻。光影斑斑驳驳，呈深褐色。此情此景如此精妙，我为之目眩神迷。我心潮澎湃，文思如泉涌。我紧紧抓住它们，因为把此情此景描述下来，付诸文字，可以让我再次体会如此美好的时刻。

五月十二日　星期六

今天，我们去本地的一家公园——福特希尔公园，维多利亚时代恩尼斯基林的遗产——散步。我在这里有了新的发现，是以前没有注意到的新情况。我们喜欢在里面玩耍的杜鹃花丛一度被砍掉了，它们遮蔽的那片冰冷黑暗的地表植物世界也随之消散了。不过今年春天，让人惊奇的是，竟然有报春花从杜鹃花残根处冒出来，第一次这么显眼——我都不记得上次在这里看到其他植物是什么年月了。然后，在报春花丛里，我看到了一朵银莲花，它独自摇曳于空中，仿佛是被遗忘的咒语。

茂密的杜鹃花丛，遮蔽了报春花、银莲花之类植物的生存空间，迫使它们进入了休眠状态。然而突然之间，银莲花又长出来了，它仿佛植物之神阿多尼斯的血液，也是曾经覆盖这片土地的森林的血液，一种遗迹，一场古早谋杀的些许踪迹。森林及湿地曾经一度覆盖爱尔兰全境，银莲花可算是这一切的证据。银莲花每一百年只能生长十五厘米。我希望这片银莲花能够不被打扰,在阳光下生长,能再次生长,生长到公园里、小镇上、孩子们玩耍的地方。有着如此多传说的银莲花,如此多故事的银莲花,现在终于可以再次流传下去,帮人们敞开心扉,进入本世纪的日常生活。

许多年前,妈妈就在这个公园边上的学校读小学——她上学时参加过在大自然里散步的活动,就在这里——圣特雷莎女校。穿灰色围裙,戴红玫瑰铭牌。她告诉我她是多么喜欢这个铭牌——因为罗伊辛(Róisín),她的名字,在爱尔兰语里是"小玫瑰"的意思。她记得曾在这里收集橡树及悬铃木叶子、松果和七叶树果。小朋友们会把找到的东西放到一张自然课桌上——我很好奇,有多少学校今天还有"自然课桌"这种东西;我知道我们学校没有。

燕子们开开心心地啄着短草。我躺着,仰望"快乐王子"——它其实叫科尔纪念碑,是为了纪念 G. 劳里·科尔将军而建,他是十九世纪的一位军人及政治家。不过在我们家,我们管它叫"快乐王子",这个典故来自奥斯卡·王尔德。王尔德寄宿在恩尼斯基林的波尔图拉皇家学校期间,一定曾经从灰塔上望出去过,并构想了他那杰出的、关于一个男孩雕像的故事。这个男孩雕像与一只因为冬天掉队而留下的孤单小燕子交了朋友。在故事中,王子目睹了人世间的种种苦难,于是求小燕子把装饰雕像用的金叶子和宝石啄下来,送给穷苦的人们。等他美丽的外表都被剥掉以后,快乐王子的雕像就被人放倒,并送进炉子里熔化掉,只剩下了他破损的心,以及燕子的尸体。燕子和心被天使带到了天堂,并被确认为这个城市最美的两样东西。

这个故事每次都让我流下眼泪,我们家人都会为这个故事而哭泣。我往草丛深处沉下去,望着燕子的身影,听着它们的欢鸣。

王尔德非常讨厌波尔图拉,而我也在这所学校度过了身心俱疲的十八个月。我想不起来到底为什么要去这所学校了,可能是因为爱尔兰最知名的一位作家萨缪尔·贝克特也在这里上过学。萨缪尔·贝克特据说很喜欢这所学校,或许是因为他喜欢体育。而对我来说,每一天都是折磨,不过我掩饰得很好。霸凌我的都是非常厉害的男孩子,人缘好、爱运动,而谎言就跟钻石一样从他们舌尖吐出来。黑钻石。血钻石。我一下子坐了起来,心里一阵翻腾,心还怦怦跳。就算已经过去一年了,一想起这些事,还是难受得不行,能离开那里让我非常开心。

我又回去看那朵银莲花,如此孤独,却有着如此超越一切的美丽。

五月十三日　星期日

前往一个熟悉的地方，从来不会一成不变。总是有变化，每个崭新的一天都会有些许不同，从另外一个角度，以前你不曾注意的东西，比如一堵无害的石墙，虽然很难说石墙一定无害——会有那么多生命从石墙的裂缝和罅隙里冒出来。静下心来仔细看一堵石墙，我向你保证，出现的东西不会少于一场表演秀，只为那些肯驻足观察的人而存在。不过今天，不是墙上面或墙里边有什么，而是墙那边有什么东西。

我们在基利基根自然保护区走了好一会儿。这是一个离家不远的、小而隐秘的地方。又一处似乎只有我们一家人会来，而且碰不到别人的地方。今天我们来找兰花，听杜鹃叫声，也看看能不能找到一些哺乳动物的粪便。

布拉希奈德很喜欢往墙里张望，一看到墙就不禁要望过去。她有第六感，我俩都有这种感知。她选择停下来张望的地点简直完美，因为在一处古老城堡的石墙后面，有一片隐蔽的池塘，倒映着天空，阴影曲曲折折，从光里进进出出。一大团的蝌蚪，数目惊人，伴随它们的是史诗般的生生不息、期许与惊奇。我们爬过墙，围在泥泞的池塘边站着，欢喜地凝视着这一切。

池塘的水因为有甲烷而咕嘟嘟地冒泡，这让我想起了一些民间传说：鬼火、报丧女妖，因为有机物分解而产生的跳动红光。爸爸还记得，在他叔公家位于泰姆纳哈利的农场上，见过在黑暗中跳舞的"鬼火"。它们现在已经很少见了，因为排水系统及"农场改进"计划已经夺走了我们大部分的湿地、泥塘地及沼泽。不管是见到生物荧光，还是甲烷燃烧，人们的思绪却联想到鬼火及报丧女妖等等，这些真的是很美妙——民间传说故事常常是由自然之奇、之美所启迪，而这些故事又把自然深深地植入我们的想象之中。另外，我就是喜欢盯着池塘看，所以这样做肯定是对我的大脑有好处。多数时候，我的脑袋里都塞得满满当当的，而观察水蚤、甲虫、水马和蜻蜓若虫，对于我过于活跃的大脑来说，是一剂良药。

池塘水面有阵阵波纹出现，不太清楚是从哪里来的。我感觉到头顶的丝丝细雨突然变成更大的雨滴，从额头淌到脸上，把我从恍惚中惊醒。我和布拉希奈德跑到一处树篱下躲雨，不过雨停了以后，她就回到爸爸妈妈那里，而我则朝另外一个方向继续走，独自一人。

随着地球的转动，有些事物会在某些特定时刻来到我们眼前。今天我太想听到杜鹃的叫声了——我总是强烈地渴望每个季节里的各种"第一次"。每件事物的"第一次"都很特别。因为特别渴望听到杜鹃的叫声，我意识到自己走到离其他人都挺远的地方，发现自己置身于一片榛子丛里，周围有很多蓝铃花。你知道那种本来忘记了某个地方却一下子全想起来的感觉吗？置身这片灌木丛，让我一下子回到了蹒跚学步的时候，在丁香花上踩啊踩啊，直到妈妈过来把我拎走。很快又过了几年，我在一摊牛粪里翻来翻去地找屎壳郎，爬上长满青苔的河岸，找寻没见过的东西。我几乎热泪盈眶。独自一人，如此宁静，感受着过往，感受着过往与此时此刻的重叠，麝香般的味道，有丝丝缕缕的光穿过树冠。青翠的青金石般的光，在榛子与蓝铃花丛中，照亮了一条路。有时候还是有条路为好，因为害怕愤怒的妖精出没，据说它们就住在这些野生蓝铃花的钟形花朵里——还有人说，蓝铃花会响起不祥的钟声，如果被听到，将会给那些不幸长了这种耳朵的人，带来死亡。

我轻轻走在林间小径上，童年时代那种推土机一样的破坏冲动已经消失了，取而代之的是一种崇敬之情。一片蓝铃花林，要花费比我们寿命更长的时间，才能形成这样茂密的地毯般的规模。它是如此珍贵、古老而神奇。若不受干扰，它会如时钟般精确地准时出现，给那些心胸开阔的灵魂带来惊喜。在这里，自冰河世纪以来，蓝铃花需要整整五年，从种子到开花，缓慢但完美地生长。

  一层厚厚的蓝铃花毯，春天的时序循环，置身其间，突然间，我吓了一大跳，因为有杜鹃在很近的地方大声歌唱。不过我决定不去追它，我倾听，带着释然的微笑，知道这里一切都好。

五月十八日　星期五

　　我在自家的花园里荡秋千，晴空万里。这个小小的封闭空间里处处都有鸟鸣和蜂舞。我跳下秋千，去看我们的小桶。我还记得那天，我们往桶里放了石头和碎陶片，没什么耐心地等它被雨水填满。我们还往桶里放了一杯泥水，是从爸爸上班地方的池塘里取来的，再加上本地的一些能增加氧气的物质。就是这样，这个神奇的配方，令生命出现并成长。最先招来的是水蚤，一周内出现了蜗牛，然后水甲虫也跟着来了。然后是蜻蜓若虫，最后上场的是主角——蝌蚪。鸟儿在我们神奇的小桶里喝水、梳洗。水面下，生命的蜕变正在发生，整整五只蝌蚪！扭来扭去、不停蠕动的泪珠一样的小家伙们，吃着我们神奇魔法桶壁上的藻类。如果你弄一个自己的神奇小桶，奇迹也定然会出现。

　　春日夜晚在自家门口观察桶里的生命，纯然是魔法奇迹，绝对！

　　我进屋吃完饭，不过很快又出来了，直奔水桶。水桶里的东西不断给我们带来惊喜。我尤其喜欢观察不同物种之间的互动。跳虫利用水面的张力，进行了一次愉快的侦察活动。跳虫有厚厚的一层皮肤，身体非常小，看上去开开心心的，根本不知道水下徘徊着什么——在阴影里，饥饿的水椿象仰泳般地划着两条桨状的腿，它的刺吸式口器（也叫针管口器）随时准备攻击。水椿象和跳虫的动作都令人惊叹。跳虫的速度太快了，由腹部称为叉突的尾巴状部位驱动向前，而水椿象则优雅地疾奔。看着它俩东奔西走，消磨一个小时，真是太美妙了。

　　临睡前我又去看了一眼，跳虫还活蹦乱跳的，可它还能活多久呢？我在脑海里蹦蹦跳跳，因为，以我的年龄和身高，已经不适合让人看到蹦跳着回到房子里了。我带着好心情上床睡觉了。人人都说孩子气是不对的，甚至说它是坏的。但我为没有孩子气的世界感到痛心。一个无趣的世界。一个孤立失联的世界。我把这些感情推到一边，闭上眼睛，能看到的只剩下游来游去的蝌蚪，跳来跳去的跳虫，还有一只潜伏的水椿象。

五月十九日　星期六

　　早餐前，我又去看了一下桶，水椿象还在，不过跳虫不见了。我没有疑问，也不费心猜想，它就是不见了。我查了查，松了一口气：蝌蚪的数量没变，都还在陶片周围游着。有一只在一根木头上歇着，这根木头横贯水面。我极不情愿地离开了，因为我们要花两小时去唐帕特里克，爸爸有事情要办。然后我们要一起去因奇修道院，在那儿有一种我很喜欢的鸦，它们会在非常显眼的地方筑巢。

　　今天感觉仿佛夏日的夜晚，除了周围的嗡嗡声，还有远处的燕鸥叫声。它们飞掠过科伊尔河，朝西南飞去。蝴蝶处处可见，一群寒鸦从熙笃会修道院的废墟里扑棱棱地飞出来，这场景非常特别。这些寒鸦默默地在我们附近飞着。这时我们也听到了其他的声音，不是鸦类嘎嘎的叫声。我往石墙的缝隙里探寻，找到了小树枝遮挡保护的雏鸟，然后有声音从四面八方传来。我往后退，看着鸟爸爸鸟妈妈们不知疲倦地进进出出，在那些隐蔽的小蜗居里喂养它们的孩子。

在家里的喂食器那边看到寒鸦黑色的身影，总是让我感到意外。它们看着那么格格不入，发着抖停留在喂食器的边缘，小心翼翼地啄食胖球鸟食，跟他们的鸦类表亲（尤其是秃鼻乌鸦们）完全不同。它们的表亲会争先恐后地抢夺鸟食，然后一走了之。寒鸦是非常聪明、有感知能力的鸟类，它们会看着人类的眼睛，寻找其中的意图，它们还会学习许多小技巧。多么神奇的生物啊，长着炭黑如夜色、美丽又闪亮的羽毛。

在凯尔特神话中有一个故事：有一群寒鸦恳求国王，让它们进入小镇，躲避欺负它们的秃鼻乌鸦和渡鸦。国王拒绝了它们的请求，但是寒鸦们没有放弃，而是找到了一枚遗失了的有魔法的戒指。这枚戒指保护了芒斯特省免遭弗摩尔巨人的攻击。国王因此改变了主意，允许寒鸦作为鸟类公民进入小镇。

我是真的很喜欢这些故事，它们丰富了我作为一名年轻博物学家的生活。科学，当然，永远需要科学。但是我们也需要这些几乎消失的故事，它们滋养了我们的想象力，把自然的事物带入我们的生活，并提醒我们，我们并不是独立于自然之外的，而是其中的一部分。鸟类公民，为什么不可以呢？

五月二十六日　星期六

再次回到拉斯林岛的感觉真好。我们用的是晚春的公共假日。我们住的和上次一样，是同一家石头小屋。午后刚一到达，大家就直奔海鸟中心。相比上回，人多了很多，所以在我们下去观景平台之前，妈妈把我拉到了一边，我们交换了暗号和捏手暗语。我在自己周围装备了一副想象的铠甲，然后走进人群，各种感知如玉米粒一般迸射过来。

如果你是在五到七月，在繁殖的季节来到这里的悬崖，那就正好赶上了极其美妙的景致。尚未变得过于强烈的气味。五花八门的声音。鸟儿成千上万：海鸠、三趾鸥、暴风鹱和海鹦，都在盘旋或俯冲，巡逻及护卫，又或者闲闲地待在海蚀柱上。如此动人心弦。如此壮观。这里充满了生机，为了生存，也为了忍耐。我被触动了，几乎欣喜若狂，不过我还是要好好地把眼前的一切都记入心底。

我试着把注意力集中在单独某个物种上，从一只暴风鹱开始。它打着瞌睡，仿佛在等待，好似一位坐在自己宝座上的女王，独自一人，却被不断展翅飞掠而过的身影所包围。它仿佛沉思的佛陀，节省精力，专注于一点。我们的视线刚离开暴风鹱，又被聚在一起的好大一群海鸠吸引了。它们靠群体的数量保证个体的安全——这么一大群鸟儿还有鸟粪把海蚀柱完全遮住了。刀嘴海雀仿佛在互相哄骗，伸着脖子，鸟喙咔嗒咔嗒地响，舒舒服服地卧在光洁的鸟羽中。突然，一场黑白叛乱在它们中间爆发了，为了争夺领地。三趾鸥成双成对，有的待在悬崖上，有的飞翔在天空中。这些远洋游牧民一样的鸟儿是看起来最温和的一种鸥，不过它们一定有坚韧不拔的一面，才能忍受半年的时间都远在海上——幼鸟只有到了两岁或者更大才会返回陆地。然后摇摇摆摆的小家伙来啦——海鹦！那一对对眯缝着的小眼睛让它们看起来好像在梦游，拖着沉重的小身体走过草地。它们好像做什么都很费劲。不过那些小家伙都意志坚定，非常有魅力——我想象它们跟着绿野仙踪里的魔法师一起，笨拙地从一个洞穴到另一个洞穴，俨然身材矮小的侦查员。不过令人惊奇的是，它们在飞行时会拼命挥动翅膀，最高可每分钟振翅四百次，时速可达九十公里。

　　我的笑容一直往外延伸，从自己伸展到悬崖，仿佛与每一只翅膀、每一个鸟喙都联系了起来。我甚至决定开始一项新挑战：与别人交谈互动。在这里，被这一切围绕，这些都变得更容易了。我身处属于自己的自然栖息地，而把这一切与其他人分享，令我感觉非常开心。

五月二十七日　星期日

因为睡眠不足，我口干舌燥、眼睛干涩地醒来。我需要找到兴奋点，找到忙碌起来的感觉。我还得找到方法，能够帮我度过一整天而不暴躁，不完全沉浸于自我世界。要在未知中找到快乐。因为就算生命的全部都是未知，就算我们一直在黑暗中摸索，至少我没有对此感到不适，没有像很多人那样觉得不舒服。我有家人，内心温暖，拥有许许多多的爱，所以没关系，一切都还好。

昨天是多么美好的一天啊——我沿着观景台的台阶一路小跑，高温还有空气，与风及鸟鸣一起进入我的内心。观鸟之后我们去了酒吧吃晚饭，望着绯红的天空，太阳慢慢落入海中。我们一边聊天，一边举杯，然后我感到潮水退了又涨，涨了又退。这时爸爸妈妈又开始说话，他们选择在这一时刻宣布，我们又要搬家了。搬家。搬到新的郡，有新的风景和人。搬迁。

妈妈说，她觉得我们需要一个新的开始，需要给我和洛肯找一个新学校。爸爸希望能离贝尔法斯特更近，为了有更多的工作机会，也为了能离他妈妈——也就是我的奶奶——更近。爷爷去世后，奶奶一个人住。我点了点头。我清楚他们在说什么。明白归明白，不过咸味的空气吸进来，喉咙仍然感觉灼痛。我把这些消息全部推出去，推到尽可能远的地方。拒绝接受。困惑。爸爸妈妈瞅瞅我们，又彼此看了看。毕竟，他们知道我需要个人空间。不过在走回去的路上，妈妈还是停了下来，拥抱了我们每个人，谁都没说话，我们默默地走回了小屋，也走向了可怖的未知。

脑子里这些沉重的东西开始慢慢消失，我起床，迎来烈日炎炎的一天。早餐后，我们往鲁角灯塔走，一股恶臭扑面而来，是因为有腐烂的海带，还有两只死山羊。味道确实很冲，不过还不会令海岛周围波光粼粼的广袤水域失色。

我在一处长满水飞蓟的岸边休息，望着鹨在岩石间飞进飞出，用我的望远镜搜寻更多的生物。阳光太强了，我不得不眯着眼睛，才能看清楚前方的身影：灰海豹摊开四肢躺在岩石上，晒着太阳，偶尔挠挠，其余时间几乎不动。我既嫉妒又羡慕。它们不仅可以在岩石上从早躺到晚，而且只要纵身一跃到深海，就能随处觅食。它们从一动不动进入全速出击的状态，完全不需要预热，不需要过渡。我选了不同的海豹个体进行比较，它们的个性特别鲜明。再过几个月它们就要进入繁殖季节了，不过现在，它们趁着还能休息，都在闲着发呆。

在一九一四年,灰海豹成为第一种政府立法保护的动物。但是《灰海豹保护法案》并未能调和动物保护与渔业的利益冲突,对灰海豹的杀戮依然持续。值得庆幸的是,上世纪七十年代后期公众的抗议终于阻止了进一步的捕杀。不过正如生物学家利齐·戴利在她的短片《沉默屠杀》中所报导的那样,二〇一八年在苏格兰的三文鱼农场附近,仍然发现了被射杀的海豹,所以这仍然是一个有争议的问题。

一想到这些岩石上曾经流淌的鲜血,我就不由得感到恶心。我甩掉这些思绪,将目光转向外部世界。我与海豹保持着相当的距离,并在观察它们的过程中获得巨大的满足感。海豹鳍肢够演一出戏了,要举起来,保护领地,扭来扭去,挨挨擦擦。一部精彩的默片。它们对独立空间的需求,还有它们不合群的行为,都让我感同身受。风向变了,传来的气味连我也受不了了。够了。即使我这个最具热情的博物学家,也不得不继续前进了。我起身,朝着让我感兴趣的其他闪闪发光的东西走去。

这一天伴着寒鸦嘎嘎的叫声,以及陆续出现的晚春野花——有三叶草、陆莲花和剪秋萝——慢慢过去了。我躺在草地上,望着天空中的积云,云朵像胖球一样映衬着蓝天。在拉斯林的这个周末假期这么短,太短了。我的生活似乎是一团一团涌过来的,间隔极短,十分密集,削减我的自由。

我很珍视这些安静独处的时刻。

黄昏来临时，天空是黑莓烂熟后的那种黑紫色。空气清凉，带着干草的香气，在天黑透之前，我们开车在岛上寻找利亚姆·麦克福尔介绍过的一处地方。大家都在仔细聆听，寻找一种声音。这种声音在过去很常有，在都柏林市中心都能听到，在不列颠群岛上的各处田野及农场也能听到。我们停在路边，等待着。此地一片寂静，寂静到仿佛自己耳朵聋了一般。我听到自己的心跳，感觉心跳声大到要穿过我的耳朵，要爆出来了。等待让我的嘴里泛起了金属的味道。爸爸正要按下引擎的启动按钮，这时传来了鸟叫声，非常清晰，如棘轮转动一般咔嗒作响。一只长脚秧鸡。在羊儿的咩咩声以及牛的哞哞声映衬之下，长脚秧鸡的叫声非常清晰易辨。长脚秧鸡的鸣唱是牺牲于农业声景的又一支自然之歌。

从前，作物收割的时节要晚些，长脚秧鸡因此有时间寻找伴侣，繁殖并养育后代。这种耕作方式现今已被更为高效的春夏青贮所取代，这样的季节节奏的变化与鸟儿的习性不相容——于是不可思议的事情发生了，一种生命因刀锋而消亡。想象一下，每一只鸟蛋都裂开了，未能孵化。这一物种的未来，在此地，在每一个地方，都遭到破坏，一去不返。不用说，这是由坐在驾驶座的人类一手促成。

今时今日，只有雄鸟向无尽的天空呼唤。它呼唤、哀鸣，却没有伴侣回应它的叫声。我们坐着，默默地听着，而车里每个人脸上都露出了笑容。

我爱我的家人，不过在那一刻他们的微笑让我想放声尖叫。他们怎么能笑得出来？我无法分享他们的喜悦，一滴泪从我的面颊淌落。我爬出车外，关上车门，尽力安静地朝发出声音的地方走去。这么小的一片土地，不过它确实就在那里，趴在干苇草中。

"对不起。"我低声说。

鸟儿没理我，它不停地叫着，它会一直鸣叫，直到繁殖季节结束。一夜又一夜。持续不停。看着它，听着它的叫声，我感到如此孤独和绝望。一种情绪突然涌上心头。我必须要做些什么。我必须大声疾呼，挺身站出来。

天色渐暗，我回到车上，在夜色中，长脚秧鸡仍在鸣叫。

六月一日　星期五

今天是本周最后一天上课，已经放学了，不过我仍然心烦意乱。我坐在秋千上，看着花园里鸟妈妈鸟爸爸来来回回，从喂食器中取鸟食，在地上找食吃，挖东西，然后飞回去喂幼鸟们。

我感觉舌头沉甸甸的，一周以来基本都是这种感觉。我这一周都无法说话，学校又一次进入考前状态。很显然，这些是"更重要"的考试，因为考试结果会影响到之后我可以选择哪些 GCSE[①] 课程。考试对我来说没有问题，实际上我喜欢坐下来考试。我或多或少还是喜欢挑战的，不过考试出现得太频繁了，在考试与考试之间，我们并没有学习到足够多的新东西，而这太让人沮丧疲惫了。如果我没有写作，如果我没有找到一种方式，整理并过滤一直围绕着我的膨胀、眩晕及压倒性的噪声，我觉得自己会内爆，所有这些压力会

[①] GCSE 指中等教育普通证书，为国际认可的学历证明，在英格兰、威尔士以及北爱尔兰等地区的中学中修习两年（某些学校三年）课程后取得。

把我压垮。不过呢，现在是周五晚上，我在花园里，而明天我们要去池塘里捞昆虫。

我从卧室的窗户探出身子，目不转睛地看着每两分钟就飞来一次觅食的身影。来来回回。勤劳的父母。不休息。现在是快乐的时光。雏鸟很快就要破壳了，到时候花园里会生机勃勃。一只雄红腹灰雀落在了墙上（早上也来过一只），它饱满的橘红色胸脯，在灰墙的衬托下，色彩尤显亮丽。它的身影笨拙，直直地落下，啄食蒲公英头状花序上的种子。它重复采食了几次，然后有暗粉色胸脯的雌性加入进来，它们叽叽喳喳地交谈。雄鸟银色的背羽离得如此之近，近到我伸手就能摸到。那尾巴还在摆动着，靠得更近。我屏住呼吸，准备伸手。恰巧在那一刻，一台割草机的轰鸣声传来，切断了我与鸟儿碰触的机会。

六月二日　星期六

　　我跑过长长的草地，醉人的芬芳沾到了衣服上。在阿奇代尔城堡的大橡树旁，我停了下来，把脸颊贴在橡树皮上。我能感受到它那粗糙而有年头的外皮，那是它的保护层。我听着它的呼吸，我们的呼吸节奏相互交织。我闭上了双眼。

　　三百年长大，三百年繁盛，然后又三百年老去。一想到这些，我就觉得自己非常渺小——跟那些沿着树干爬上这棵参天巨树的蚂蚁一样渺小。

　　老橡树已经庇佑了蚂蚁还有其他几百种生物近五百年了。我坐在草地上，背靠着树干，仰望树冠。树叶在轻风中微微发亮，我的身体也仿佛苏醒了。一只苍头燕雀用双音节的节拍，带动了它一家子的鸣唱，它们都在橡树枝丫间嬉戏。一场私人表演。我稍稍停驻，然后离开了，在远处恼人的喧哗惊扰到鸟儿之前。我感觉喜上心头。我在最完美的时刻离开了，蹦跳着回到池塘畔的家人那边。

　　从这里放眼望去，天空中云卷云舒，不停有新的云冒出来，令人生畏。它们似乎在不知不觉间从天而降，从蓝天的某处，从我们之前没留意的地方，忽然翻滚而来。天堂之门开了又关，关了又开，每两分钟一次。然后光影闪烁，有什么东西在我们眼前飞舞——蜻蜓。它们如丝缎般的翅膀上蚀刻着石炭纪的地图（它们的祖先曾与恐龙一起飞翔，彼时的翼展有两米宽）。它们不停地飞来飞去，仿佛额外加速的光点，光线穿过翅膀，把穿透万古的久远一瞥展现在我们眼前。

我看到一只碧翠蜓展开了一场空中激战，追逐着苍蝇，用细长的脚当作牢笼抓住它们。两只红豆娘落在一片叶子上，扭着身体互相求爱，弯成了心形。雄性扣住雌性的头后侧授精。它们一起飞走了，仍然联结在一起，因为有第三者试图插一脚进来。

雨没有下，于是我们把捉昆虫的托盘填满了，捉到了石蛾幼虫、水马、羊角螺、豉虫和一只水蛭。它们扭来扭去，东冲西突，彼此躲得远远的，却还是挤在一起，待在用来从池塘捉昆虫的弹球盘里。我们五双眼睛，大人小孩都一个样，闪烁着欣喜。此时此刻，我们每一个人都与小托盘里的生物产生了联结，与其他在夕阳里环绕于我们四周的生物产生了联结。

六月五日　星期二

在晚春暖暖的日子里，花园里有花儿绽放。天色是如此的亮，日照是如此的长，总算减轻了我内心沉甸甸的疲倦和愤怒——这些因学期末而产生的情绪。友谊这事儿一直与我无缘——而且到底什么是友谊？两个人或者更多人之间的一系列行动或对话吗？可人总是会成长和改变的。当然，"友谊是件好事情"，有些人肯定会这么说。不过我没什么这方面的经验。我的意思是，我的确在学校跟一群人玩桌游。我们一起玩，一起破解游戏，但不"交谈"。要谈什么呢？有时候，我觉得一旦我开始说话，可能就停不下来。这情况以前发生过。很多次。结果都不怎么好。班上的同学会一起在城里逛，一起踢足球，或者一起参加他们感兴趣的运动。不过他们也交谈，他们嘲笑跟他们不一样的人。很不幸，我就是那个与众不同的人，跟班上谁都不一样，跟学校里的大部分人都不一样。不过，今天课间休息的时候，我望着白鹩鸽从巢穴里飞进飞出。有这样的事物存在，我怎么会感到孤独？野生生物就是我的庇护所。可我坐着观察的时候，经常有大人问我，是不是一切都好，好像单纯坐在那里，理解世界、弄清楚事情、观察其他生物的日常，是什么不妥当的行为。野生生物从未令我失望，而人类却会让我失望。对我来说，自然是纯粹的，没有任何矫饰。我看着白鹡鸰又一次飞进飞出，然后走近了一些。往鸟窝里看去，我发现上周的鸟蛋现在已经变成雏鸟了。小小的亮黄色的喙，嘴巴无声地开开合合。这就是奇迹。这只鸟儿，在操场上每个人的脚边跳着舞，蹦来跳去，而大部分人都从没注意到过。它如此活泼，发条一般的尾巴一直在动，从来不会碰到地面。它又出现了，鸣叫声里充满热情。我只能在心里咯咯笑，因为不能给人看到我傻笑。我得把许多东西憋在心里，又得把很多东西过滤掉。真的很累。

我在自家花园里闲逛，看到有汉荭鱼腥草开花了，粉色的野花，映衬着一片青翠。我把它记在我"花园第一次"的清单上，心情很愉悦。我听见爸爸下班回到了家里，和他一起回来的还有一只受了伤的蝙蝠。它也是我今年第一次看到的蝙蝠。我们照料着它——雌性蝙蝠一年只得一只幼崽，如此珍贵的小家伙。我们喂它粉虫，把水倒在一个牛奶瓶盖里。蝙蝠的嘴巴太小了，所以我用布拉希奈德的一支画笔，把水一滴滴地滴在它的舌头上。希望这样滴水，会跟草叶上的露珠或小水坑里的滴水有相同的疗效。脱水对受伤的蝙蝠来说最为致命，所以能让它喝水很重要。不过等伤势好转，蝙蝠吃起粉虫来就跟吃意大利面似的，会吃得非常欢。

蝙蝠是多么无害而胆小的生物，与电影里还有万圣节炒作出来的形象根本不搭。它们制衡着昆虫的数量：一只伏翼一晚上要吃三千只蠓。如果没有适量的蝙蝠种群，你能想象成群结队的蚊蝇会有多少吗？足以毁灭你的露营假期，数量会大到你无法想象。

小蝙蝠睡在我的房间，它们总是睡在我的房间，因为我的房间离其他麦卡努蒂家庭成员的喧闹更远一些。有蝙蝠在房间，我总是能睡得特别香。我听到它们夜里抓挠的声音，从不觉得害怕，反而觉得安心。

六月八日　星期五

我的心情灰暗，拖着沉重的步子去学校：蝙蝠没能熬过昨夜，而我们不仅仅是失去了这一只蝙蝠，还失去了它本来可能带来的所有后代。它的伤是猫造成的，太严重了，爸爸觉得它是因感染而死。我伤心极了，考试都结束了，可这并不足以让我打起精神来。

放学后，洛肯和我一回到家，就听到爸爸妈妈还有布拉希奈德在尖叫："小鸟孵出来了！小鸟孵出来了！"妈妈像孩子一样发出兴奋的叫声，而我认识的很多小孩子，八九岁的时候就不会这么叫了。大家的兴奋让我感觉醺醺然，人也轻飘飘的。我们望着窗外，刚出生不久的一只煤山雀、一只蓝山雀，还有一只麻雀，在松树的枝丫上歇着，嘴张着，叽叽喳喳，吵吵闹闹，神气极了。看着这几个并不一团和气的小家伙，我意识到自己不会看到它们长大后的样子。如果我们搬家的话，就看不到它们了。

对于搬家这件事，我一直都处于拒绝接受的状态。不过明天我们要去邓恩郡的卡斯尔韦兰找房子——这个小镇离我们新学校所在的纽卡斯尔镇有十公里（妈妈爸爸说，纽卡斯尔的房子太贵了，我们住不起）。我拿不准自己到底是对搬家这件事感到恼火，还是感到了一种我在其他时刻也感受过的躁动——那是新的兴奋点的信号，是一切都可以重新开始的兴奋，是重塑自我的机会。

妈妈注意到了我的情绪变化。我给了她一个大笑脸，加上一个拥抱。搬家这事对我们所有人来说都不容易，不过她和爸爸要承担大部分的事情——还包括为我们操心。

从我记事起，妈妈每一天都会与我一起坐下来，与所有家里人一起坐下来，说明我们需要面对的每一种情况。不管是去公园，去电影院，去别人家里，还是去咖啡馆。每一次，要做的事情的方方面面都有详细说明：社交信号、手势的含义、一些简便的回答（用于我们不知道该说什么的场合）。图片，社交小故事，图表，漫画。有一些人说我"看着不像自闭"，我不明白他们是什么意思。我认识很多"自闭症患者"，而我们看起来都不一样。我们并非什么可以识别的特殊族群，我们也不过是人。如果我们泯然众人，那只是因为我们竭尽全力隐藏了真实的自己。我们忍耐，很多东西都放在心里，这些都很费心力。不过，更费心力的是妈妈一直在做的事情，虽然她貌似做得很轻松。她跟我们说，她做这些，是因为她深有体会，因为她亲身经历了自己童年时代深切的痛苦与困惑。她希望我们的经历比她当年要好。这就是为什么她和爸爸会承担搬家带来的压力,也是为什么妈妈会做所有的规划和设计,会知道最后事情都怎样安排妥帖。我是幸运的,非常幸运。

六月九日　星期六

天气好极了。夏天的温度，而我有一件新的地下之声乐队 T 恤（"我的完美表哥"那件），穿着它让我感觉很舒服。我不知道为什么会喜欢这种展示了某部分自我的 T 恤，可能是因为这样的 T 恤要么会把人吓跑，要么能自然而然地开始一段对话，却无须我做任何事情。嗯，不管是哪种情形，迄今为止都还没发生过。

我们到了第一幢要看的房子，妈妈讨厌它，我能看得出来。我也不喜欢，房子里的每个房间都太拥挤了，虽然从楼上可以看到蒙恩山脉。第二幢房子好多了，不过需要做很多改动——从房子望出去，有很美妙的景色。没有一幢房子让我们心动，所以今天的看房就到此为止了，谢天谢地。因为现在还是上午，我们决定去卡斯尔韦兰森林公园，这是一片国有森林，有本地树种的树林，有针叶种植林，还有赤鸢。公园里还包括一个湖和一条徒步线路。洛肯和布拉希奈德来过，不过我是第一次来。这里美丽极了，我感到一阵期待——要是我们搬到这里，就可以住在森林边上。我们会离树木很近，可能再也不会被城郊所压迫。骑自行车的时候，我也不用再担心有汽车经过了。

你知道，对我们这些孩子来说，这种改变可以说是非常不得了的。相比我们父母那一代，我们无法像他们一样亲近自然。我们接触野生生物、亲近荒野的权利被现代化以及"社会进步"剥夺了。我们探索自然的途径，被城市发展、道路建设还有污染给阻断了。一点没夸张，如果你选择在恩尼斯基林骑自行车，那么你得在手里攥紧自己的小命。道路拥挤繁忙，对骑车的人一点儿都不友好，尤其是像我这样总想要停下来看什么的人。我们总是需要到森林公园或者自然保护区去寻求精神慰藉，然后再返回粗陋的混凝土和修剪整齐的花园共同构成的环境里。想象一下吧，我们可以住在森林旁边了！

这个想法不断在我脑中浮现，让我极为兴奋，几乎欣喜若狂。沐浴在阳光里，我们都感受到了欣喜，在我们上方，有家燕、毛脚燕和雨燕在飞舞。有很多。我从来没有在同一个地方见过这么多，从没见过它们三种都在一起。这令人陶醉，却也神经紧绷。我们又蹦又跳，不断互相瞥视，互相克制地微笑。我们满心希冀，却小心翼翼地把喜悦都放在心里。

我们在公园里发现了一处和平迷宫，是在一九九八年《贝尔法斯特协议》之后创建的。迷宫共有六千棵红豆杉，由五千名学童及附近社区的人共同栽种。我们猛跑着穿过迷宫，来到了一座索桥前。我停下来掏出了望远镜：赤鸢，有三只，盘旋翱翔，飞高又飞低，就在我们头顶上方。如此动人心魄。我们如醉如痴地看着天空，能够感觉到全家人彼此间默默达成了共识：住在这里应该不错。

长时间坐车，加上一天的活动，我们都精疲力竭，返回到位于沃伦波因特的奶奶家，我们将在这里过夜。我从埃尔西奶奶家的后花园望出去，风景非常不错。我们可以看到卡灵福德湖，蒙恩山脉，还有库里山脉。这儿的景致每天都不一样，色彩有细微变化。云停留在山顶，继而消散。今天有麻雀在叽叽喳喳地聊天，太阳依旧高高挂在天上。我们决定晚饭前再去沿着海滩走一走。

我们一边走一边清理海滩垃圾，不过今天的垃圾不多，我们因而有充足的时间去四处探索。洛肯找到的东西可以说是今日最佳：一根墨鱼骨，经由大海千般打磨，如丝般光滑。这些墨鱼骨，其实并不是骨头，而是贝壳，基本来自雌性，它们在繁殖生产几周后死亡，而死去的头足类骨骼则被冲上海滩。洛肯找到的墨鱼骨上，有着那种在软岩及黏土中常见的孔隙，孔隙中似乎还有生命存在，所以在骨头变干之前，我们又把它放回了大海里。我们又找到了另一块非常干枯的骨头，我们把它带回了埃尔西奶奶家里。

那天夜里，我跟洛肯一起睡，在黑暗中，我俩小声而雀跃地谈论了搬家的事情，直至陷入沉眠。

六月十六日　星期六

好天气一天接着一天，最后都变得无从区分了。天气有时候热得受不了，而花园已经被高温波及了，草都被晒得干枯了。这是我最后一周上学，之后就是暑假。

我刚得知，我收到了邀请，下周要去苏格兰。妈妈收到了艾米尔·鲁尼博士发来的短信，鲁尼博士就职于北爱尔兰猛禽研究会。我此前与艾米尔见过几次，一次是在白尾鹞日，之后在某次筹款徒步结束时又见过一次，因此她知道我是多么有热情，特别是对猛禽。现在她邀请了我和妈妈，与我的另外一位偶像戴夫一起，参与到这次行动之中（戴夫的工作比较敏感，所以我不愿在此透露他的姓氏）。戴夫会带领大家开启一次使用卫星追踪苍鹰的旅程。

苍鹰！听完这个消息之后，我坐下来，翻开一本猛禽野外指南的书，在"苍鹰"词条处停了下来，所谓的"绅士之鹰"①。我听到过苍鹰的叫声，在大狗森林的针叶林深处，嘎

---

① 苍鹰的学名是"accipiter gentilis"，其中"gentilis"即为"高贵""绅士"之意。

嘎叫着，打破沉寂，不过我从未亲眼见过苍鹰。而不久我竟有机会去抱一只！简直无法想象，更不用说要相信这么好的事情会发生。我将会学到很多很多东西！

我回过神来，想起今天我们要去大狗森林徒步，这是我们最后一次去大狗森林，四周后就要搬家了。一切都发生得太快，不过我们找到了一个房子。房子看起来不错，花园里有花楸树，马路对面就是我们上周去过的森林公园。虽然今早我们都非常兴奋，但我还是能看到爸爸妈妈脸上无法掩饰的疲惫。妈妈一直忙于帮我们找学校，准备特殊教育需求申请，选 GCSE 学习科目，搬家具，同时还一直在家里教布拉希奈德。

我们高兴地出发，对大狗森林的不舍却来得猝不及防。我是在这里第一次看到了白尾鹞从树丛里飞出来，也是在这里听到了苍鹰的叫声。在这里，我们野餐、聊天、出状况，出意外；这个地方塑造了我。不久之后，我们就再也不会经常回来，像往常一样在这里闲逛，悠闲地在这片森林里晃荡几个小时。新的森林公园或许有一天也会成为回忆的摇篮，不过现在想这个的话，会让我觉得是对大狗森林的背叛。

爸爸、洛肯和布拉希奈德去爬小狗山峰了，我和妈妈则坐在湖边，在特定的地点，等着白尾鹞出现。两只优红蛱蝶分散了我的心神，它们在一缕阳光中盘旋，追逐着光线，在我们眼前闪耀着。我直觉有什么，抬头一看，有一只大鸟——只可能是猛禽——飞过我们的头顶，飞进了北美云杉林。不可能。完全不可能！真是它吗？我颤抖着勉强聚焦视野里的黑白翼展，仿佛在风中开合的两扇谷仓门。妈妈和我都难以置信地尖叫起来。一只鱼鹰！妈妈迅速发了一张图片给艾米尔，艾米尔确认了我们已知的信息：这只鸟不是过境迁徙，现在的季节对于过境迁徙来说太晚了。它的神奇现身可能是一个信号。鱼鹰是否再次会在爱尔兰境内繁衍？我们欣喜雀跃，不过很快平静下来，然后又静静等待了一会儿白尾鹞。时间一点一点过去，我的心搅作了一团。不单单是因为白尾鹞没有出现，而是为了比这更复杂的原因。我们再也不会回到这里，不会在这个地方等待白尾鹞了。我感到悲伤。深深的悲伤。

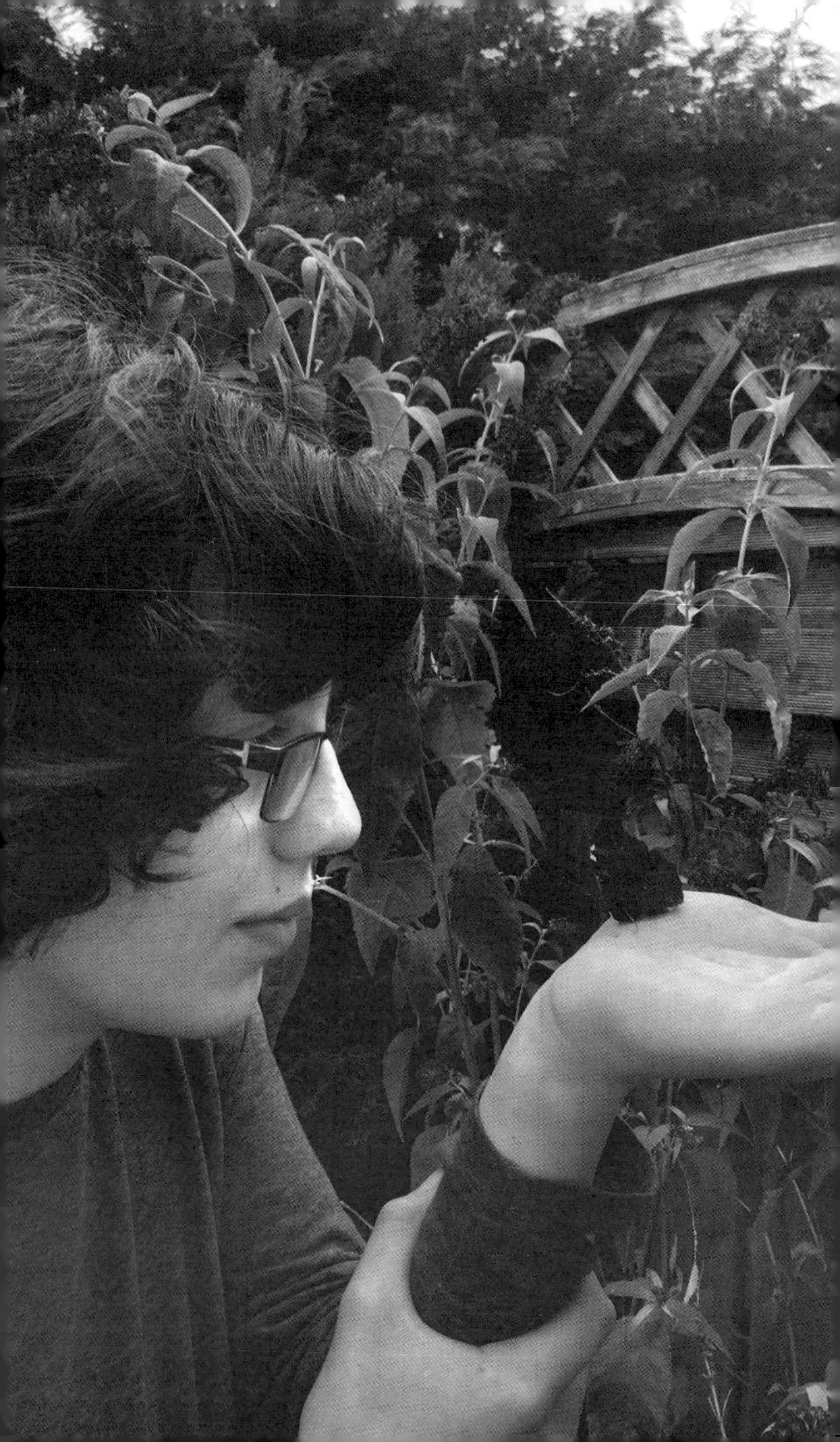

夏

我躺在地上，抬头看着一棵橡树的树枝。斑驳的光透过树冠闪耀，树叶低吟着古老的咒语。这棵树，在它的生命阶段，根植于我永远不会知道的景象和声音，见证了灭绝和战争、爱和失去。希望我们能翻译树的语言，倾听它们的声音，知晓它们的故事。它们承载着数量惊人的生命——在这个强有力的庞然大物的上下和内外，栖息着成千上万的物种。我相信树和我们一样，或者说它们激发了人性中更好的一面。如果我们人类之间的联系能像这棵橡树与它的生态系统的联系一样就好了。

我常想象有一片树冠遮盖在我的头顶，保护我免于这个世界的伤害，但很多时候这种想象是徒劳的，所以屈辱逐渐变成了绝望。深呼吸、无视他人的评论、承受他人的拳头，这些将我消耗得筋疲力尽。时至六月夏至，我感觉自己犹如去往奥兹国路上的稻草人，它的麦秆被掏空了。空洞的感觉被困惑所掩盖：人怎么能如此残忍？像我这个年龄的人，我们这一代。他们怎么能对他人拳打脚踢和谩骂？是谁让孩子们变得残忍？为什么要嘲弄和奚落他人？这些仇恨都从何而来？

疼痛减轻了。他们不能伤害我了。他们控制不了我了，再也无法控制了。我只看到世间的美，至少我很努力地去这样观察。我们周围的生活是如此令人着迷，如此有趣。自闭症让我对一切都有更强烈的感觉；我没有快乐过滤器。当你与众不同的时候，当你快乐充满活力的时候，当你每天骑在浪尖的时候，很多人就是不喜欢看见别人这样。因此他们不喜欢我，但我不愿降低我的兴奋度。我为什么要那样做呢？

在我与空虚斗争时，橡树下的一切都在蓬勃发展，阿奇代尔城堡森林里生机勃勃。我期盼着六月底，学校放假的日子，我就又安全了，可以回家和家人在一起。考试成绩总是近乎完美，但这是学校生活中最容易的部分；当每个人都交换电话号码并安排假期见面时，我却站在那里目瞪口呆、不知所措、尴尬不已。我想要归属感，但我讨厌归属的概念。相反，我暑假在家时，每个好天气都会外出。而且在授粉、中世纪、《贝奥武甫》①、诗歌及音乐方面，我们总是有很多事情可做：妈妈决心要给予我们她小时候未曾拥有的东西。我们喜欢外出，尤其是自驾游。四处旅行、周游。我们从不

---

① 迄今为止发现的最古老的古英语文学作品，是一首讲述盎格鲁-撒克逊民间传说和英雄故事的史诗。

停驻在一处,不像在学校。

我们并非一直出行方便。我小时候,周围如果没有其他人,那就容易多了。因为我曾经常耍(孩子)脾气,在我大约七岁时达到顶峰,如果我们和其他家庭——其他父母、其他人待在一起,那就太糟糕了。

橡树下的地面在阳光的照耀下很炫目。我看着光在草地上闪烁,一段记忆在温暖中浮出水面。那是十年前的往事了,在贝尔法斯特。那是一个温暖的夏日,就像今天这样,我们和几位朋友刚离开奥缪路的图书馆。我看到地上有一根寒鸦的羽毛,于是把它捡起来,递给站在我旁边的一位女孩,"我的朋友"。我的行为经常让她感到困惑,那天也不例外:她厌恶地看着这根羽毛,接着她的妈妈一把抓住它扔掉了。"可怕,"她说,"脏。"

我仍然可以感觉到我体内升起的炽热,像"粒子汤"一样,爆炸着,撞击着。我控制不住地怒吼,大声咆哮,而且持续了很长时间,我弟弟洛肯都哭了起来。我知道,妈妈能看到我眼中的伤痛和困惑。但她能做什么呢?

我仍然在想,那一刻对她来说是什么感觉,像一位母亲、一位朋友,还是贝尔法斯特街上的路人?我记得她抱起我时的感觉,那么温柔,没有责备。

那并不是我第一次尝试送别人不寻常的礼物,但那是最后一次。除非是我的家人,否则我认为没有人值得拥有像羽毛这样美丽的东西。人们似乎只喜欢从远处欣赏自然：樱花或秋叶在它们所属的树上是美丽的，但当它们全都湿漉漉地、枯萎地落在地上、草坪或学校操场上时，就不那么美丽了。蜗牛是令人厌恶的东西，狐狸是祸害，獾是危险的。所有这些奇怪的念头像蜘蛛网一样缠绕着我，直到我被吞没。我像是一只讨厌的苍蝇，他们掌控住一切。控制野生动物，控制我。但是你所爱的东西中有快乐，我开始用这种力量反击，用激烈而公正的方式夺回控制权。躺在橡树下，树根在我周围盘绕着，我能感觉到它在地下涌动，以一种永不停息的能量给人力量。

六月二十一日　星期四

凌晨三点夏至开始。夜色深沉，空气清新而静谧，我们收拾好行李，开车驶向贝尔法斯特的渡轮港口。青少年仍在为考试结束而狂欢，他们摇摇晃晃的，在黑暗中互相搀扶着回家。我和妈妈同艾米尔·鲁尼博士和肯德鲁·科尔霍恩博士一起前往苏格兰的卡兰德，他们是两位鸟类学专家。这是一场探险，一次冒险，也是正式的野外调查，与苍鹰一起！在车里，我不得不使劲憋住傻笑，因为这感觉有点像迈克尔·罗森的《我们要去猎熊》。

我们及时到达渡口，路上没有遇到任何麻烦。而通常乘飞机旅行总会有各种问题：航班延误和机上逼仄的座位空间。与人邻近的座位距离让我很烦恼。但这次不一样。大人们去喝咖啡的时候，我在一张舒适的躺椅上睡了一觉。我知道妈妈不会休息，我醒来动弹一下时，看见她就坐在那儿看书，而艾米尔和肯德鲁在旁边打盹。她朝我微笑。"我很享受这种安静，"她说，"我从不知道可以有如此的安静。"

我又打了个盹儿，等妈妈叫醒我时，渡轮已经快靠岸了。我们先到一个观景点去看海鸥，而且看看能否有新的发现。乌云正在散去，蓝色的光倾泻下来。我感觉很好，充满了期待。但我感到兴奋慢慢地变成了恐慌。不知道今天会是什么样子。我会出丑吗？我会有用吗？希望到时我不要唠唠叨叨，机械地背诵苍鹰的信息。如果我的身体不能胜任任何工作怎么办？妈妈感觉到我的心跳在加快。她把肩膀靠向我的肩膀，说她也很担心，但一切都会好起来的："我们与同道人在一起。"大家都是鸟类爱好者、富有同情心的人。她说得对，会好的。

这是一段壮观但又让人感觉不太舒服的旅程：一边是壮丽的海景，另一边是平淡而明亮的田野，它们一个接一个地被剥夺了生命，只留下单一的景色。这里工业化的程度比在家那边高，这些景象让我感到悲哀。不知道在那些绿色的田野中逝去了怎样的生命。

大人们在闲谈，声音欢快，而我更忧郁了，沉思着接下来的工作。我试着设想所有可能的事：寻找栖息地和苍鹰的方法，以及如何在森林地面上行走或跳过小泥塘。我们和博学的专家在一起（还会遇到更多的专家），但这并不妨碍我预想一些关键点和有条理地思考如何与人交谈。我预演了我要说的话，怎样显得有礼貌，怎样显得专注。我的脑袋嗡嗡作响——事先仔细梳理细节是一件很困难的工作。我拼命想给人留下好印象。

我对猛禽的早期迷恋已经发展成一种帮助和保护它们的热情。几个月前，我和妈妈徒步穿越了奎尔卡山，一条长三十英里的壮观风景带。我们是为卫星标记计划筹集资金，这是北爱尔兰第一个此类型的项目。这项工作精细而神秘，需要跟踪、监测猛禽，生态学家由此可以了解猛禽如何迁徙，在哪里筑巢，并摸清它们的飞行模式和行为特点。我们此次的苏格兰之旅就是为此训练，向卡兰德的科学家们学习。它还包括从观察到保护的具体实践，并参与其中。

在十九世纪，猎场看守人的猎杀和偷蛋贼把苍鹰推向了灭绝的边缘，现在英国繁殖的几百只苍鹰都是放归野外的驯鹰后代。我想象着近距离观察它们的样子，它们的气味，它们的感觉。我无法停止对它们的思考。苍鹰和鱼鹰仍在被人们无情地捕杀。它们被射杀、被下毒或落入陷阱。对我而言，一个人认为自己可以去迫害如此美丽的生物是难以置信的。我感到出离愤怒了。

车辆行驶中，我看到塘鹅潜入海中，一只孤独的欧亚鵟弓身歇在栅栏的立柱上。燕子俯冲而下，我为之欢欣雀跃，每年都是如此。车窗虽然紧闭，但一股暖意掠过全身，因为我仍能听到它们在我脑海中快乐地冒泡的歌声。

云几乎都消失了，只留下一缕一缕的卷云点缀着淡蓝色的天空。中途我们停下来喝咖啡——我点了一杯摩卡，当我低头看着空杯子时，才意识到这真是个糟糕的主意，它差点把我的头炸裂。我大口灌下瓶里的水，赶紧弥补一下。妈妈喝了两杯咖啡——多年的夜猫子习惯使她对咖啡因免疫。我们开玩笑说，如果没有早上的咖啡，她就会从天使变成魔鬼；不过我认为她还是那个她。

十一点左右到达戴夫家，我一下子感到很紧张。虽然心里明白我们会相处得很好，因为我们都喜欢猛禽，但我只在电视上见过他，他在用卫星标记金雕，我总觉得这是一场陌生人的见面。我们已经旅行了六个小时，而且快要迟到了，这也无济于事。我深呼吸了一下。在会面前，妈妈把我留下了几秒钟，紧握了一下我的手。

戴夫很有感染力，他的家人也在，还有他的队友西蒙。西蒙有一双微笑的眼睛，非常机智幽默。戴夫谈到了我们将要做什么，以及为什么要这样做。这是一项如此勇敢和重要的工作，能加入他们的行列，我感到无比荣幸。戴夫递给我一个卫星标记装置，我惊讶于它的轻巧，而且这么小的一个装置通过网络连接就可以随时随地监测鸟类的活动，直至几年之后太阳能电池坏掉。理想情况下，技术、保护团队、持续的警惕、责任，甚至心碎，这些统统都不是必要的。但只要像苍鹰、金雕、白尾鹞、欧亚鸢和赤鸢这样的猛禽一直在遭受迫害，这种人类的干预就是必要的。卫星标记可以帮助建立鸟类迁徙和消失的地理图像。

我们乘坐戴夫的卡车继续前行，他的狗也在车上。去往北美云杉种植园的路上，我们又接上了西蒙和另一名保护小组的成员。我们到达时，时间尚是上午。无法再往种植园深处开了，于是我们都下了车，带着设备徒步跋涉。阳光温暖着我。耳朵先是分辨出知更鸟的叫声，然后是苍头燕雀。

没有花费太长时间，我们就找到了第一个鸟巢：它下面的地面有鸟粪石标记，白色的羽毛粘在掉落的树枝上。西蒙和戴夫小心翼翼地摆好工具，气氛肃静。他们系上安全带，胳膊和腿配合起来熟练地爬到树上，速度惊人。我站在树下，可以听到上面雏鸟不易察觉的叫声。远处，鸟妈妈开始呼唤。它的声音听起来并不重复，不会突然袭击我们。这些迹象都是好的，我只希望不要惹它伤心。

我盯着鸟窝，目不转睛，同时不停抚摸着戴夫的狗，好平复自己紧张的神经。我看到一捧东西被小心地装在一个橙色的袋子里，然后从上面放下来，那里面盛满了希望。我吸入森林里的每一种气味和声音。地上有干燥的松木，树枝在吱吱作响。红交嘴雀在某个地方，我能听见它们在闲谈。虽然我从未见过红交嘴雀，但我抑制住了这份激动，因为苍鹰已经降到了地面。我感到内心在涌动。我们抓住绳子的末端，把袋子从安全带上解开，将那一捧东西放在地上。里面的雏鸟看起来就像一片秋天的森林在冬天的第一场雪中翻滚过一样。羽毛还是毛茸茸的，像羽状的星辰在它身上闪闪发光，美得惊人，令我们惊叹不已。它目光深邃地盯着我。它那探究真相的蓝眼睛和有力的喙被布满星辰的棕色簇冠衬托得更加有趣。

戴夫分配我做日志记录工作。能做个有用的人感觉很好，我小心翼翼地给雏鸟称重、测量、戴腿环、做标记，仔细地确保所有信息的准确性。这是一场技术芭蕾，而不是外科手术，不具有侵入性。雏鸟坐在地上，好像还在鸟巢里一样，泰然自若，它的头轻轻地快速上下晃动。然后重复这一过程：又有两只小鸟被装在橙色袋子里放下来，接着称重、测量、戴腿环、做标记。我感觉这种鸟和人之间的微妙互动过程令人着迷。某种程度上，一个物种与另一个物种的接近似乎不大对，但又是迷人的。也许我只是不习惯如此。

不知不觉中，我开始和身边的人交谈——西蒙、戴夫、艾米尔和肯德鲁。我觉得很自在，这太罕见了。他们没有取笑我或让我困惑。我提出的问题都得到了详细而严谨的解答，我感觉自己就像沉浸在一道金色的光芒中。这就是我想要的，被志趣相投的人环绕，用心、用知识有条理地做有用的事。无疑这足以让我过度活跃的大脑冷静下来，意味着我会很开心。通常我对事实的无尽需求和对信息的渴望很难让我感到轻松。然而，现在不同。因为此时此地，我沉浸在工作、观察和感受中，这完全能让我冷静和放松下来。

第一个鸟巢的任务完成后，我们出发去往另一个地方。

穿过一片嗡嗡作响、生机勃勃的柳兰时，我立刻被优红蛱蝶和袖黄斑蜂吸引了。下午时分的空气清香扑鼻。继续前行，我们进入了另一座枝繁叶茂的种植园，那里的地形更为棘手，生长着更高、更细的树木。很明显，爬上第二个鸟巢要困难得多。戴夫建议我们围着树干散开，以防鸟儿"跳离"。我朝上看去，树木像女巫细长的手指，摇摆着，仿佛在施咒。突然，四只鸟跳出来，其中一只正朝我飞来。我的心怦怦直跳。它们落下时，我们散开了。我退后一步，艾米尔和肯德鲁接住它们，并把它们安全地带到戴腿环的地方，标记工作再次开始。量翅膀的长度；放入挂在秤上的袋子里称重量；在腿上绑彩带和英国鸟类学信托基金的腿环；用丝带将卫星装置巧妙地绑在苍鹰的背上。这可能听起来像是无关紧要的机械性的工作，但对我来说仍是奇迹，令人兴奋。

　　观察雏鸟时，我开始有些发抖。我意识到从早上起就没吃过东西，而且我们也没有时间或有远见地带份午餐。没有食物补充能量，身体感到寒气的渗入。我一直用心观察，聆听和记录，这能帮助我抵挡一阵阵的饥饿感。戴夫让我抱着一只小鸟，当我把它贴近胸口时，它的体温照亮了我。我发自肺腑地喜欢这份工作——这就是我。我们都可以为理想而活。我不像这些鸟，但我的世界与它们也分不开。也许这是一种爱的感觉，也许是一种憧憬。我不太确定。这是一种罕见的感觉，我的生活（被上学的事和家庭作业充斥）的大部分时间都没有这种感觉。小苍鹰扭动着。我让它安定下来，再次凝视它的眼睛——随着它的长大，淡蓝色会变成明亮而深沉的琥珀色。我开始想象它成年时在树林中穿梭，振翅划过天空，紧紧地收拢着翅膀，以惊人的速度急转弯，为它的幼崽筑巢。我还会回来看它吗？我希望这只小鸟能活下来。

当三只小鸟被吊回树上，并被小心翼翼地放回到巢里后，我们跋涉回到卡车，驶离种植园。回酒店的路上，我们停下来吃饭：由于太饿了，我们都有点儿精神错乱、语无伦次，外加我们面色红润、兴高采烈，餐厅其他的客人可能认为我们这群人（当然，除了我以外）都喝醉了。

这是很久以来，也许是有史以来第一次，我未曾头脑保持清醒地仔细分析这一天。头一沾枕头就睡着了，睡得很香。

六月二十二日　星期五

我在酒店小小的房间里醒来，光线透过薄薄的窗帘照进来。屋顶上传来秃鼻乌鸦嘎嘎的叫声，还有雨燕尖锐的歌声。这算得上一段在陌生地方醒来的优美配乐。我感觉神清气爽，准备好迎接即将到来的令人激动的一天，为更多的苍鹰做卫星标记。

妈妈和我住的酒店与其他人不一样，所以洗完澡、吃完早餐后，我们就去与肯德鲁和艾米尔碰面，一起准备午餐和零食（绝对不能再犯同样的错误了），之后开车去戴夫家。我们快速地聊了几句，又在花园里和戴夫的狗嬉闹了一会儿，然后开始了另一场冒险。

天气更加炎热。蜻蜓在身旁呼啸，蚱蜢在草丛中轻颤，燕子掠过四周。毗邻种植园的田野中，树林挨着农田，戴夫正在打开一个神秘的黑盒子——我们都很好奇。他解释说，这是一架无人机，如果使用得当，它可以成为一种令人惊喜的调查工具。他让机器旋转起来，它静静地上升，接着冲向一片树林，敏捷地飞行着，然后一动不动地悬停在空中：在远处的树枝间的某个地方，一只雌鱼鹰坐在它的蛋上。我和妈妈被这些科技产品迷住的程度不亚于在屏幕前看到开始扑动翅膀的鸟的图像，一只轮廓清晰的苍鹰用它的眼睛刺穿了我们。不知道它是如何看待这架无人机的。无人机是如此安静，一点儿也不唐突，只在鸟巢上空停留了片刻。鱼鹰挺起胸，重新调整自己的身体，露出了一窝三颗蛋。如此这般，便揭示了羽毛下的真相。

无人机用五分钟完成了任务，效率惊人。对我来说，一切都太快了，设备被打包起来，鱼鹰留在了树林间。现在是我们穿过这道北美云杉墙去寻找更多苍鹰的时候了。戴夫向我们预警，森林中有泥潭和沼泽，并建议我们换上防水装备和雨靴。当我们艰难地穿行在不同地形，小跑着穿过泥塘、树枝和亮绿色的泥炭藓时，我感到腿上的肾上腺素在激增。戴夫的身高意味着他迈一步顶我们三步，为了能跟上他，妈妈快步向前，走在我们的前面。我很担心，因为即使她可以轻松地应对爬山，但这种地形是非常不同的。它变化莫测。这些种植园建在脚下能荡漾起波纹的沼泽上，只有经常来的人才知晓危险的隐匿和裂隙之处。

戴夫大步跨过一个特别大的泥塘，妈妈紧跟其后，也准备跳过去。我看出这之间的差距，知道她的腿够不到那边，但她跨了出去，屁股着地，陷了下去。扑哧扑哧。我为她感到尴尬和担心。令人惊讶的是,她拒绝戴夫拉一把,而是自己靠岸边一条腿的力量撑着爬了出来。我想她刚上来时,可能有些窘迫,雨靴没有掉,身上沾着苔藓和残屑,但她只是微笑着,倒空靴子里的泥水,继续前行。

到了一片空地,我们看到一只雌苍鹰在不远处盘旋着,鸣叫着。我感到不安,担心我们的出现会打扰它。它返回鸟巢,但又起飞,一直在盘旋,不停地鸣叫。戴夫和西蒙的结论是,我们最好怀着敬意撤离。在离开前,我花了一些时间在脑海中拍摄下周围的一切,因为我知道这可能是我们今天看到的最后一只苍鹰,也可能是这次旅行中看到的最后一只。我尽情欣赏着一切:一根我们坐着的地上的圆木;一片奇异的橙黄色旱金莲与覆盖着郁郁葱葱青苔的枝丫交相辉映;光穿过树林跳动的样子;甚至还有附近的田野里那股淡淡的泥浆味。

返回的途中,我们查看了另一处鸟巢,但发现它是空的,要么是被遗弃了,要么是雏鸟羽翼丰满展翅高飞了,或者更糟。站在那里继续观察了一会儿,还是一无所获。我们放弃了,走到田野里,在正午的热浪中准备吃午餐。我们在草地上坐下来,戴夫建议到更高的山上去看一些更稀有的鸟。"你想去吗?"他问道。

我无法抑制自己想去的渴望,但这意味着要和西蒙说再见了,他会开着自己的卡车先离开。出发之前,我和他握了手，我心存感激——在野外我从他那里学到了很多东西，而这一切与在教室里的学习有很大的不同。

当我们和戴夫驱车离开时，我凝视着壮丽的朝塞斯自然保护区，那里崎岖不平、树木繁茂——这些景象让我想起了家乡的蒙恩山脉，思绪迅速转到了我们的搬家计划上。焦虑开始咆哮。不过，不同以往的是，我设法挡住了这些焦虑，努力将注意力集中在美丽的山谷、高耸的山丘和周边布满池塘和溪流的森林上。但愿我的生活里都充满这样的日子。也许可以如此。

我们穿过农场需要打开和关闭设置在路上的几道门，在到达另一个秘密地点之前，一路向上蜿蜒前行。傍晚时分，我们下了卡车，被蜂拥而上的蠓虫迎接。我看到一些掌裂兰，其中一些是斑点掌裂兰，它们与黑矢车菊一起茂盛地绽放着，上面爬满了食蚜虻和蜜蜂。到处都是奔流的水声。山谷在歌唱，有起伏，有休止。在我们经历过被种植园所包围的环境后，面对如此的辽阔，就像从瀑布上跳水前深深吸了一口气，自由落体般无拘无束。

沿着坚实的地面前行让人松了一口气。我们设定好范围，目标是一座陡峭的小山，那里有一条坚实的岩脉通向一个石窝。我们兴奋得直冒泡儿。戴夫从背包里拿出无人机，让它再次起飞，朝着石窝方向。我们满怀期待地看着。当无人机掠过岩石表面时，视频监视器向鹰巢移动，然后悬停住。它在那里！镜头对准了鹰巢里的一只金雕雏鸟。多么迷人的画面！我的笑声爆发出来，我们都笑着、看着，被迷住了。这个年龄的金雕雏鸟，父母一般每隔几天才喂它一次，所以遇到它们的机会很小。但它就在那儿：下一代坐在生死攸关的悬崖上。一时激动，我们坐在下面深呼吸，感受它的深远影响。我看着太阳落在山谷后，幸福在我的胸腔里飞舞。

六月二十三日　星期六

是爷爷告诉我关于仓鸮的叫声。他年轻时经常在乡下听到它们的声音，尤其是晚上从酒吧回来的路上。如今，在北爱尔兰很难听到仓鸮的叫声了，就像这座岛上的其他地方一样，这意味着我体会不到爷爷年轻时所听到的声音。现代农业和房地产业的发展已经耗尽了猫头鹰的栖息地，而灭鼠药的使用毒害了它们的种群——因为仓鸮以大老鼠、家鼠和田鼠为食。除非完全禁止使用灭鼠剂，否则它们的未来是黯淡的。

野外的最后一天，我们通过双筒望远镜发现了一只雌仓鸮，它独自飞行，瘦弱不堪，我们知道它有可能在极度饥饿的情况下吃掉自己的孩子，现在仍挣扎着寻找食物。它已经戴上了脚环，所以戴夫和他的团队会继续监测它——我们都希望它明年能成功繁育。

这几天令人陶醉的实地考察以一种悲伤和不安结尾。但这就是现实。许多鸟类都没有活下来。我对戴夫和所有做这项重要工作的人都心怀敬畏。他们是我的英雄,我很荣幸能一窥他们所做的工作。监测令人兴奋,但等待鸟类筑巢和繁殖却是一种负担,当最坏的情况发生时,还要承受不良后果和感到悲伤。这份工作就像一座钟摆,在快乐、肾上腺素、痛苦和愤怒之间快速摆动。

驱车前往渡轮港口的路上,我数着欧亚鵟,看着俯冲下来的塘鹅。当我再次靠着车窗睡着时,梦见了苍鹰蓝色的眼睛、亮黄色的爪子和绒毛般的羽毛。我牢牢抓住每一段回忆。这些会照亮未来糟糕的日子。三周后,我们就要搬家了——我必须紧握住这些时刻,把它们珍藏起来,留在鲜活的记忆里。

六月二十七日　星期三

干旱天气还在持续，气温仍在上升。我试着回想上次下雨是什么时候——上个月吗？酷热的天气接踵而至。显然这是自一九四〇年以来最热的六月。学校的最后几天很漫长。其他人似乎享受这种自由的时间，但这对我来说是种折磨。我喜欢幻想和思考，让我的大脑漫游，这样它才可以整理思绪或理解更多的事情。这就是我的大脑一部分的运转方式。但是聊天总是和（善意的）玩笑密不可分，除非是关于我感兴趣的事情，否则会让我感到焦虑。我只是不知道怎么融入其中。对自闭症患者而言，学校可能是极其糟糕的学习场所。过滤掉噪声是不可能的，集中注意力需要耗费大量的精力。下午三点，我已经筋疲力尽了。然而，我还要回家做作业，然后设置闹钟，第二天再如此重复。我需要比大多数"普通"学生付出更多的努力。而且我不得不这么做，因为我想成为一名科学家，想上大学。我必须闯过这些关。显然，它让我们更强大。成为更好的公民。我并不太确定。我想到过去一百年来人类取得的所有技术进步,但我们受教育的方式却或多或少维持不变。一排排学生僵硬地坐在桌子后面,呆坐不动。举手才能发言,除非是在老师指导下的辩论(在我的经历中很少见)。然而,我们接受了它。为什么?是从众、服从和职责。现在,我们的房子被搬家的箱子填满了,当我打开家门时,以往走出校门的那一刻就被留下的不安却在这里继续了。一团糟,这里同样混乱不堪。

我逃到花园里去看鸟:到处都是刚会飞的幼鸟,旁边是疲惫不堪、衣衫褴褛的成年鸟。一只秃鼻乌鸦沿着灼热的屋顶跳来跳去,然后在前端的石板瓦上清洁它银色的喙。一跳、两跳、三跳,站住。清洁一下它的喙,再重复。一跳、两跳、三跳,站住。远处,斑尾林鸽又在大声地叫了。它的声音听起来就像今天我脑海里的那首歌:"我不想搬家,我不想搬家。"我无法停止播放这句话,一遍又一遍地重复:"我不想搬家。"

我快速关闭脑海中遐想的开关,这样斑尾林鸽的叫声听起来就是鸟的声音,而不是我想象出的其他。为把这种遐想彻底抛诸脑后,我站起来,四处走动,踱步,再去观察蝌蚪,它们现在已经变成了小青蛙。它们在我们为之建造的砖桥和树枝桥上正晒着太阳(这样它们和其他生物就可以随意进出)。我希望在我们搬去邓恩郡之前,它们都变成青蛙,能够离开这处石头洼。我靠得更近些,不小心把影子映射到了水面上；小青蛙们眨眼间就消失了。

天热得让人难以忍受，我带着书坐到秋千上，用封面遮住脸，挡住了太阳。可还是太热了。我站起来，再次四处走动，然后又坐下，心中焦躁不安。妈妈在屋子旁边给树莓浇水，并大声宣布树莓已经可以吃啦。真是松了口气，有事可做了。我们都去抢着吃（洛肯最先到），离开时，手和嘴唇都沾上了果渍，我焦躁的情绪缓解了几分钟。

等洛肯和布拉希奈德转移回屋里时，我又回到秋千上，轻轻地推着自己。我开始思考，为什么生活扔给我这样的曲线球，比如像搬家这个难题。是为了帮助我成长为一个"正常"人吗？也许是这样。如果生活把事情变得足够糟的话，我会习惯这些不幸，不再那么担心它们。事实是，在内心深处我知道我无法不焦虑。我可能明显变得更有"能力"来处理这些事情，但内心所经受的折磨是一样的。

晚饭后，趁着傍晚凉爽，我们全家决定出去散步。爸爸开车带我们去了贝拉纳莱克，一个距离恩尼斯基林大约八公里的小村庄，在我们旁边的小镇。夕阳落在树林后，空气中仍然有余热的痕迹。我看到燕子掠过湖面，边飞边捕捉着蠓虫。

我会想念费马纳郡的湖泊——这里四面八方都是水。无论走到哪里都有水环绕左右。洛肯、布拉希奈德和爸爸继续往前走，留下我和妈妈静静地坐在防波堤上，双腿摇晃着，看着燕子张嘴把水面分开。过了一会儿,妈妈起身出发去看看能不能找到其他人。我独自留下来,仰面躺下望着天空。蜻蜓在我头顶上盘旋成黑色的一圈,像晚风中可见的碎片一样飞舞。我翻了个身,看着豉虫在水面上激起涟漪,想知道我们在邓恩郡的新家附近有哪些水域。在那里我将会凝视什么样的池塘和湖泊?

七月一日　星期日

花园里第一次有蚱蜢光临，它们从草地上跃起，落到秋千的扶手上，在炎热中噼啪作响。我盯着一只趴在绿色金属上的蚱蜢，思索着：两只耳朵长在腹部、藏在翅膀下面是一件多么神奇的事——鼓膜在声波的作用下振动，让它们能够听到其他蚱蜢的歌声。每一个物种都以不同的旋律唱歌，这样每个物种都可以与正确的对象交配。我对生物进化如何能找到这样完美的系统和生态位着迷。我从未见过一只蚱蜢静坐得这么久。我一心一意地看着它。它开始发出尖锐的鸣声，用后腿摩擦翅膀，声音如此近如此响亮。这个魔术让我笑得合不拢嘴，当它跃向空中时，我的视线努力追随着它。

花园里的草变得脆了，呈稻草棕色，花朵绽放得如彩虹般绚烂。想到将要离开这里的一切已经让我黯然神伤好几个星期了。整个早上我都在挣扎着控制焦虑这头野兽，现在我无法阻止恐慌情绪的蔓延。心跳得狂躁，我几乎无法呼吸。炎热天气让事情更糟。我伸手去够椅子的侧面，紧紧握住，指关节紧绷。为了让秋千停下,我突然放下脚,感到脚底嘎吱一声。我立刻意识到那是蚱蜢死亡的声音。我对自己感到厌恶。愤怒终于失控,我没有听到自己的尖叫,但看到妈妈、爸爸和洛肯从屋里跑出来,奔向我,一切像是慢动作,我感觉到他们搂着我,手臂紧围着我,与此同时我脑袋里的嗡嗡声在说:"每当你想做好事,坏事就会发生。"我必须反抗席卷一切的黑暗。我知道我必须呼吸;我知道我能握紧离我最近的手。我可以感觉到阳光,但不知道我何时闭上了眼睛,又闭了多久。周围的声音是为了安慰我,我知道,我都明白。我感觉自己被淹没了,沉了下去,但仍然嘟囔着要把花园里的植物都挖出来。"我想把它们都带走。"有人回答,"我们会尽力的",但这不够好。尽管白天很热,但我睁开眼睛时,还是觉得很累很冷。

我站起来,拖着腿向屋里走去,突然意识到:明天不用上学了。明天、后天,还有大后天都不用上学了,现在我可以看到前面所有的夜晚和白天都舒展开来,没有恐惧,没有忧虑。

我打了一个激灵。当我呼出下一口气时,所有的黑暗都消失了,我又可以呼吸了。我现在在家,感到头晕目眩,但是几乎可以看到新的感觉出现在远方,仿佛看到远处的地平线一般。想到新家时,我感到轻松一些了,因为这也意味着将有新的地方去探索,有不同的风景和栖息地。会有新的动物和植物在这些地方,意味着没有必要把旧花园挖走了。

我在想什么?

我坐在后门的台阶上,注意到鸟鸣声不那么响亮和大胆了,没有了紧迫感。春天和初夏的工作即将结束。每年都会如此,我知道这一点。明年,乌鸫和其他的鸟还会同样大声地歌唱。当我还是个蹒跚学步的孩子,在父母的床上看着影子的时候,我就知道这一点了。歌声停止了,但总会回来。鸟儿离开还会回来。这种认识很清晰,但仍然感到遥不可及,因为太久的等待而不真实。至少雨燕还在鸣叫,它们还会在这里待上一些时日。我呼吸着黄昏的芳香,注意到刚降临的黑暗中有轻快的身影在移动——蝙蝠开始出来抓捕蠓虫。我闭上眼睛,心满意足的感觉如涓涓细流从身上流过。我很高兴自己今天能坚持住,没有让这一天在糟糕中结束。没有让它完全吞噬我。现在我正享受着从白天到夜晚的温暖和宁静,雨燕归巢了,蝙蝠在凉爽的空气中飞翔。

七月二日　星期一

太阳已经升起，我还躺着。阳光倾斜着照进窗内，看起来至少已经九点了。我坐起来读了一会儿书，享受着周一早上阅读的奢侈。但没过多久，我就听到了早餐盘发出的哗啦声，闻到了烘烤面包和咖啡的香味。我起身发现妈妈在厨房里，手里拿着一大杯咖啡，正在研究摊在桌上的地图。她问我们今天是否应该去一处新的地方，没有被探索过的地方："你知道，因为我们很快就要离开了。也许找到另一处秘密的地方会是个好主意。"我望向她，眼神如匕首般锋利。探索新的地方？这样我们不是又得后悔离开这一处地方了？我感到愤怒又冒了出来，但我克制住自己，换了一个角度想早上这个问题。我提醒自己我是愿意发现新地方的。那里有新的气味、新的可以爬的树，还有我从未遇到过的生物。

努力让自己朝更积极的方向想，剖析自己，不断与自己争论，这些肯定都花费了我一些时间，所以当我终于又回到厨房时，洛肯和布拉希奈德已经在餐桌上了。布拉希奈德一边吃牛角面包，一边用细绳做东西。洛肯在桌子上打着节拍，要求妈妈关掉收音机的四频道，因为所有的谈话都让他感到头疼。但是妈妈坚持要继续听。"再过五分钟，我就把它关掉。"如果他停止敲打五分钟，她半开玩笑地告诉他，关掉收音机后她就不需要尖叫了。洛肯停了下来，剩下收音机在喋喋不休，我们开始谈论之后的事情。

这是暑假真正开始的第一天，我们是否应该因为疲倦就什么也不做呢？还是应该做好一整天的计划？毕竟现在是假期的开始，我们会有很多时间休息并从上学带来的疲惫中恢复。（我很高兴住在北爱尔兰，因为七月和八月都放假）我想出去探险，忙碌起来，所以我很高兴达成这样的共识。之后是不可避免的关于该去哪里的争论，当爸爸出现在厨房时，这里已经是一片恳求声和"我想要"了，激烈的言语从麦片包装袋和包装盒上弹了下来，又撞回到桌子中央。

内心深处，我真的不介意去哪里。我只是觉得非常无精打采，想出去，无论去哪里。貌似上次是洛肯选的地方，那儿也是我的选择，所以这次我提议选大狗森林。尽管我总是选它，但是这个季节，目前为止我们都还没有在那儿看到任何一只白尾鹞。我坐等有人提出异议，等到了洛肯飓风般的抗议，他想去野外游泳。布拉希奈德表示赞同，认为野外游泳是件应该做的事，现在只等多数获胜。奇怪的是，事情并没有照此发展。相反，妈妈起身拿了一张纸，开始写一张单子，上面列出了搬家前所有人想去的地方和想做的事情。"洛肯——野外游泳，基利基恩自然保护区，皮划艇，码头跳水。达拉——大狗森林，白尾鹬，奎尔卡山。布拉希奈德——池塘捞小昆虫，多尼戈尔郡的拉斯诺拉海滩，和朋友在休闲中心旁边的公园玩。"然后，妈妈把这些活动安排在不同的日子，所以每个人都觉得自己的声音被倾听了，可以向他们心里特别的地方告别。妈妈说她和爸爸可以在晚上完成剩下的打包工作，这样我们就有一整天的时间了。一切听起来合情合理，虽然中间有一些喧闹的对话，但是我们一致认为这是一个伟大的计划。之后，我们又恢复了原样：洛肯再次敲打起桌子，布拉希奈德用绳子串起来的东西在桌上散了开来，妈妈完全错过了收音机里的《女人时间》节目，她深呼吸了一下，然后和爸爸为去大狗森林做准备。

有一个简单的方法可以阻止我们在车里为音乐争吵：我们每个人都选一首歌，按照年龄从小到大的顺序来循环播放：布拉希奈德（"小马宝莉"）到洛肯（凯戈或摩托头），再到（朋克），再到妈妈（朋克）和爸爸（甚至更朋克），这很棒，因为从某种程度上来说，我得到了三次选择！

通常我们到费马纳郡周围的旅程需要半个小时，这意味着每个人的音乐会循环播放两次——不过布拉希奈德有时会轮到三次，这取决于交通状况。今天就是这样的日子，所以当"小马宝莉"再次回归时，洛肯和我翻起白眼，尽量不大声抱怨歌词中那些关于每个人都是赢家和其他不可能实现的甜言蜜语太荒谬。到了大狗森林,真让人松了一口气!我们跌撞着从车里逃了出来,主动提出要帮着拿点东西去湖边。

大约步行十五分钟,穿过北美云杉种植园,然后进入一片砍伐殆尽的林地,那里新种植了一些树木。还有几棵枯树,如同高大的木刺,为猛禽提供了栖息的地方。虽然这里有草地鹨和野鹑在飞来飞去,盘旋着,噼啪作响,但我有时仍旧不喜欢这里。也许是这里的一切让人感觉沉闷无趣。如果没有白尾鹞,可能我根本不会喜欢这儿。几年后,当幼小的树苗再次成长为单一的森林时,它将不再是一个适合它们的栖息地——白尾鹞更喜欢柳树和榛林。不过,当你到达山顶,景色还是很壮观的,两个波光粼粼的湖面在远处召唤——你只需要跑向它们,我们总是这样做。

这一次,大约下到一半,在半山腰的时候,我停了下来,因为在湖边有四个令人恐慌的身影——人!我知道这听起来很荒唐,但在费马纳郡,我们很少能见到其他人,至少在"我们"的地盘如此,而不得不与其他人打交道总让我感到恐慌。

我让自己冷静下来,慢慢地走向野餐长椅。家里其他人还在山后面,所以我坐在一棵柳树后面,躲着,屏住呼吸。我不想盯着陌生人看,于是望着湖水分散我的注意力。蜻蜓嗖嗖地掠过水面,翅膀推动着它们,就像镶嵌了宝石的直升机。

当家人都到达时，洛肯宣布他现在想在这里游野泳，因为他看到其他人也在这么做。妈妈和爸爸讨论该怎么办。我注意到那四个身影从水里出来，擦干身上，穿上衣服，准备离开。也许他们和我有同样的感受。可能实际上有像我们这样的游客在进行着接力，都在寻求与世隔绝和一片荒野，往往我们只是错过了彼此，总认为自己一直以来都是孤独的。我们友善地向另一家点头打招呼，但当他们消失在山顶时，我们都露出了灿烂的笑容——只有我们自己了。就像我们喜欢的那样。

热浪犹如水边的火炉。爸爸回到车上去拿毛巾和防寒泳衣（我的已经穿不下了，所以我只能穿泳裤），我们沿着湖边狭窄的草地走着，放置好东西后，把脚浸到清凉的水里，再吃点零食。我仰面躺在岸上，望着一排排的北美云杉。两年前，一对雄性白尾鹞像箭一样从树上飞了出来，肩背在紫色的欧石楠丛中闪闪发光。闪耀着，向上攀升，舞动，翻筋斗。不知道还能不能在这儿再见到它们。这一季大部分时候它们都不在，而没有它们，这个地方似乎毫无生气。我感觉到漆黑冰冷的影子在身体里蔓延，直到一只红色豆娘分散了我的注意力。

爸爸带着游泳装备出现了。我不慌不忙地准备起来，但洛肯和布拉希奈德很快换了衣服，冲进水里溅起了水花。也许他们有更自由的灵魂。他们肯定比我更有冒险精神，也许是更鲁莽。也可能是因为我的年龄：随着年龄的增长，我的自我意识更强，更注意自己的行为。我至今仍清晰地记得自己像他们那样无拘无束时，总是在说话、解释，感受强烈，兴奋不已。而进入青少年初期的我则更安静、更内向，沉默寡言，被别人的伤害弄得伤痕累累。

看着洛肯和布拉希奈德在水中游泳，我突然有了勇气：我想加入他们。我迅速脱下衣服，纵身跳入水中。寒冷像冰做的拳头砸在身上，我倒吸了一口气，皮肤刺痛。我试着与布拉希奈德和洛肯一起玩，但是不起作用，还是很冷。我仰在水面上，阳光温暖着我的胸膛，我眯起了眼睛，感觉有变化了。我继续换姿势，把头浸入水中，转身，深呼吸，然后睁大眼睛潜到水下。我被黑暗击中，胸口一下子收紧。这个湖深不见底。

我总是被重重顾虑困扰。即使有一丝出错的机会，对我来说也是一个概率、一种可能性。渴望享受潜水的同时伴随着对水下的恐惧。也许其他人也有同样的感觉，只是我从来没有问过他们。

我上来透透气，扑腾到边上，爬上岸。我躺在温暖的草地上，感受着周围的明亮光影。

马蝇（我们称之为"克莱格"）成群结队地出来了，它们是苍蝇王国的统帅，沉默的打击者。他们折磨得我不得不去找爸爸妈妈。这很遗憾，因为它们是如此美丽的生物。美丽但有杀伤力。最终，我们无法再忍受下去了。我们决定去当地一家餐吧吃晚饭，这样我们就可以一起正式庆祝暑假的第一天。

今天也没有看到白尾鹞，但我们下山的路上，至少有乌鸦飞在左右陪伴，还有一只灰鹡鸰，在岩石间晃动，除了它那柠檬色的前胸在闪动，几乎不可察觉。我情绪高昂，心情舒畅。我跳跃着，忘了自己已经是少年了。我跑着、笑着、喊着，大家一起跑起来。就这样，童年依然在。

七月六日　星期五

散步成为我最喜欢做的事。我以前喜欢躺在地上，等待各种生物出现在面前，然而我最近常常陷入沉思，以至于不能静静地坐着。我需要走动。

外出散步时，我们一家变成杂乱无章的一群人。我们无拘无束，永远无法控制自己的兴奋。树叶的沙沙声，一根发光的羽毛或是一只缓缓移动的瓢虫常常会使我们停下脚步。和大家在一起是美妙的，但我就无法摆脱周围的喋喋不休、挥舞的手臂、奔跑的声音和尖叫的笑声了。散步真是既有趣又令人发狂。

像往常一样，今天早上还是在弗洛伦斯考特下车，开始一天的外出活动。洛肯和布拉希奈德绑定在同一个频道上，但我发觉很难融入他们。我放慢脚步，低着头集中精力去观察。我总是惊讶于爸爸能同时做到交谈、观察和发现这几件事情——我就是做不到。这对我来说太难了。如果我这样做了，就会错过一切。洛肯跟在我后面，谈论他最近的痴迷：

电子游戏（特别是《天际》的配乐）和前苏联历史。今天我想与人交谈，分散注意力；不用一直专心致志地观察和注意是一种放松。但是当闪闪发光的东西出现的时候，我仍然不能忽视它们，注意力又会被它们完全吸引，不过像这样走神一下的感觉很好。

在山毛榉、桦树和梧桐树的树荫下，我们发现树林里凉爽宜人。阳光透过枝叶在我们周围洒下一片光晕。洛肯继续前行，我慢慢适应着自己的步伐，感觉到了胳膊和腿的节奏。音乐开始了，每一步都在构建，直到一切都成为管弦乐队的一部分。知更鸟和乌鸫拉起弦乐，大山雀、煤山雀和蓝山雀吹奏管乐，鸦科鸟类演奏铜管乐，欧亚鸲的尖叫声是打击乐。所有的声音和我的脚步声完美混音，我感觉自己被鼓舞，被丰富，然后……出现一声尖叫，不是我的，是布拉希奈德。我转过身，看到她脸上露出最灿烂的笑容，手里还拿着一根松鸦的羽毛。她整个人都在闪闪发光。她是所有羽毛的女王，等待这一根羽毛已经很久了。她把它戴在头发上，兴高采烈地跳起来。妈妈拍了一些照片：傍晚阳光下的女孩和松鸦羽毛。我们再次向前，带着天空的温暖和布拉希奈德的发现——当我们中的一个人发现了一些特别的东西时，它会让我们所有人都充满活力。我们分享痛苦的方式也同样如此，正如我们在几分钟后所经历的，一声尖叫划破了空气。"我的羽毛！"

布拉希奈德的眼睛睁得大大的,充满了泪水。它消失了。她的喜悦随着羽毛一起消失了。

我们开始一路追踪回去,偶尔跪在地上,手脚着地,在森林的小路上搜寻。但是我们永远失去了那颗宝石。我试着安慰布拉希奈德——这种痛苦是真实的,而且令人难以忍受。她哭起来,逐渐崩溃——我知道那是什么感觉。我提出背她,在她回答之前就扛起了她。我为她唱着无意义的歌,天空中透出了光亮。我感觉到她的头靠在我的肩膀上,身体也放松了。我们继续前行,从我背部的酸痛程度判断,我背着她走了很久,一直到布拉希奈德想要跳下来为止。

她滑向妈妈,妈妈伸出一只手臂搂住了她。"你可以拥有我的松鸦羽毛,"妈妈提议,"来自苏格兰的那根。另外我们可以写一个关于刚才发生的故事,再配上我拍的那张照片。"布拉希奈德向妈妈点点头,伸手搂住她。

虽然我们知道不会再找到那根羽毛,但走在小路上、在路边、穿过灌木丛时,我们一直在寻找,希望能找到其他的宝石来代替我们失去的那一颗。突然,一声响亮的哧哧声打破了寂静:一只黄斑黑蟋蟀在昏暗的光线中歌唱。我们都驻足倾听。从远处看,我们倚在树莓丛那里,像一群奇怪的人。然而,对我们来说,这一刻是神圣的。一只小小的、孤独的生物却具有让我们精神振奋的力量。一场人类的灾难被一只会唱歌的昆虫化解了。

七月七日　星期六

　　书架空了。墙上也没有照片和画了。我们的声音在厨房里回响，到处都空荡荡的，即使是在一天中最繁忙的时候。

　　我的旧车库卧室里塞满了打包箱，这样我们就不必在家里面对它们。那里不再是我的房间了。我的海报和证书已经从墙上取下，元素周期表被卷了起来，而我收集的化石、贝壳和头骨也和翅膀、羽毛还有海玻璃一起被打包。卧室还在那里，但我离开了。我不想再待在那儿了。而且我从现在起必须习惯和洛肯合住一个房间，因为等我们搬到新家时，这种情况还会继续。

　　我试着不去设想共享一个空间有多可怕。我必须体谅洛肯，我们都要这么做。我们还必须想出妥协的方法，才能获得双方都需要的和平与平静。不过，目前情况还不算太糟。我喜欢秃鼻乌鸦聚集在屋顶上的方式，每天早上它们嗒嗒的脚步声都以一种不同的舞蹈将我叫醒。还有一只知更鸟就在窗外歌唱——新的声音调色盘。

我们聚在厨房吃早餐，玩着星座记忆游戏，妈妈突然喊道："红松鼠！"椅子擦着厨房的地板的同时，我们站起来冲向窗口。除了喂鸟器前一只孤身只影的蓝山雀，我们什么也没看到。接着，一张陌生的面孔从树影中探出头来，它的小身影在草地上踌躇向前，停顿、观察、跳跃，再停顿、观察、跳跃。它在那儿：一只红松鼠。我难以置信地瞪着眼睛，看着它从树林里走失在近郊住宅区。我伸手去拿相机，因为没人会相信我们。它就在那里，一览无余，在我们的野花丛中跳跃着，爬上树，越过树枝。这是一场毫不费力的杂技表演，我的目光追随它黄褐色的身体和生气勃勃的保持平衡的尾巴，从一棵树到另一棵树，直到看不见为止。别人都离开了，我还是像被钉在地板上一样舍不得离去。

当我回到空荡荡的、有回声的厨房，忧郁的情绪取代了快乐。还有不到两周时间，这里就不再是我的家了。新的住户会搬进来，他们不会像我们一样喜欢这里。他们就是不会。我走出门，立即感到今早的天气凉爽了不少。我坐在叽叽喳喳、羽翼未丰的小鸟中间，看着食蚜虻和蜜蜂在猫薄荷、牛眼雏菊和峨参上采食。我沉浸在回忆中，感受情感的膨胀。绿金翅雀刚回来，身边还有一群迷人的金翅雀。它们像是我们的迷你森林中的一簇火焰，我们心中的火焰。我感到一阵疼痛，躺在草地上看着尖叫的雨燕。我的身体在下沉，没有什么比沉入地下更好的了。

七月十日　星期二

再也无法忍受待在房子里了——它的空间正咆哮着表达出我们想要属于别处的意图。我们在屋里走动时，空荡荡的空间撞击着心灵。我们很受伤。参观那些对我们来说很特别的地方的紧迫性变得更加强烈。我们列出了名单，也正在努力，时间不多了。今天早上我们去考德威尔森林城堡，带着我们在那里不同旅行时留下的回忆，野外游泳，石蛾的幼虫，追逐布谷鸟的叫声，新出生的阿芬眼蝶翅膀卷着在阳光下取暖，片刻后穿过高高的草丛振翅飞走了。

天气开始变得酷热，但走在山毛榉树冠下，感到很凉爽。这些考德威尔城堡的山毛榉并不是爱尔兰本土的，而是与其他"外来"树木一起在十七世纪由阿尔斯特种植园引进。当时，许多"城堡"被战略性地建在费马纳郡的厄恩湖周围——尽管有迹象表明各种人都开始融入爱尔兰，但爱尔兰的上层阶级害怕逐渐增多的英格兰议会清教徒和苏格兰誓约派主张入侵爱尔兰。所以这些城堡实际上是防御工事，这座位于考德威尔的城堡,由诺福克的弗朗西斯·布伦纳哈塞特建造,最初被称为哈塞特堡垒。它在一六一四年的爱尔兰起义中幸免于难,而当时其他许多防御工事被烧毁,当地居民被杀戮,但如今它已经腐蚀成我们看到的废墟。

不多探讨历史,只说十七世纪发生的事件,在爱尔兰本地人和来自苏格兰和英格兰的新定居者之间,发生了连锁的种族暴力事件,之后蔓延到爱尔兰海,引发了英国内战,导致国王查理一世被处决,促成了奥立弗·克伦威尔的崛起——一六四八年克伦威尔重新征服爱尔兰时,爱尔兰贵族被逐出家门,三分之一的人口丧生。在变幻莫测、充满不确定性的世界表面仍能感受到这种破坏造成的断层线。我们都很清楚,一点点小事就会让我们陷入困境。

我试着想象这些曾充满欢笑的废墟和那些被战争抹去的声音。现在,它已经陷入大自然的手中:洞穴蜘蛛住在地下深处,树根在向下延伸,树枝缠绕摇动着鸟窝,红松鼠和蝙蝠栖息在那里。我抬头望向树冠,眯起眼,又低头看洒落在森林地面的光。从城堡的墙壁上传来蜜蜂的嗡嗡声,它们像快速移动的电荷一样在石缝和废墟上长出的常青藤花间忙碌着。

我们向长满野花的草地走去,准备在那里野餐。绣线菊在那儿闪闪发光,稠密繁多。还有黄花九轮草和毛茛在草丛中若隐若现,像闪烁的灯光。我坐下来,闻着香甜的芬芳。

在费马纳郡，泥砾土壤的湿度很大，不利于种植农作物（谢天谢地），这就是绣线菊茁壮成长的原因。父亲所在的邓恩郡，很快也将成为我的郡——土壤的排水性很好，因此明年夏天我们可能不得不远行去看绣线菊。现在，它就在我们面前，给炎热的空气中注入一份甜蜜。

一只阿芬眼蝶落在我的衬衫上，我闭上眼睛感受它的翅膀在我胸前颤动。耳朵捕捉到了更多的音乐：蚱蜢的鸣叫，秃鼻乌鸦的聒噪，无脊椎动物的低语，还有颤动的草和柳兰。有一首歌在各种声音中脱颖而出，三和弦阵阵升起。我坐起来睁开眼睛，用望远镜巡视树林。一只孤独的叽咋柳莺在山毛榉树梢放声歌唱，它努力着，胸膛鼓胀，羽毛在沙沙作响。

我低头查看上衣，发现阿芬眼蝶已不在那里了。一定是我突然动弹时，它飞走了。我闭上眼睛再次躺下，想感受周围所有生物的振动。我开始想象自己身上覆盖着蚱蜢、蝴蝶、瓢虫、蜻蜓和食蚜虻——它们停歇在我的胳膊、胸部、脸上和头发上，想象着它们在我的皮肤上挠痒痒，我大声笑着，直到我睁开眼睛，猛然坐起来，晃动身体，有意识地摆脱这种幼稚的想法。我内心的战争又要无休止地继续下去了。

我真的还是个孩子，但有一部分的我想被当作成年人来对待，想表现得像个成年人。正是这部分"成熟"的自我，出于某些原因开始在意别人的想法，喜欢戳破想象的泡泡，质疑这些时刻的纯粹性。但我今天没心情扮成熟。相反，我忍住了，躺回我的幻想中。没人能看到，所以谁在乎呢。没人能听到，没人能把我打倒在地或踢到我的脸上。我在毛茛和绣线菊下面很安全。

我听到妈妈在叫我。似乎我已经跟他们分开一个多小时了，我走过去加入他们。路过站立在田边的哨兵柳兰时，我停下来在树叶中寻找象鹰蛾毛虫，看到数不尽的草地褐蝶纵横穿梭在明亮的粉红色花朵之间觅食。今天我的身体一点都不紧张。我是流动的、自由的。我伸出手，立刻有一只草地褐蝶降落下来。我驻足在这一刻时光中，烈日照在背上，绣线菊的香味扑鼻而来。我想让这一切永远铭刻在心里。

七月十三日　星期五

郊区会让人产生幽闭恐惧症。我现在不知道究竟是因为这地方本身,这房子、道路、这里的人,还是从这房子望出去的景色。在费马纳郡,我们的确是幸运的,因为这里的农业仍然不像东部那样密集,但除了修剪过的绿地和环岛之外,我们还可以看到远处的牧场里都是鲜绿色的草,整齐的一大块接着一大块,用铁丝栅栏围起来(过去都是灌木篱墙),里面还有白色化肥罐、高产的牛,这其中一部分的花费是由国家支付的。所有这些都是合法的、正常的,可以接受的。风景很好,然而当你仔细想一想风景里面的东西,想到所有的野生动物的生存空间都被挤压了时,从房子里看出的景色就越来越令人沮丧,更多这样的景色开始逼近。这就是为什么我们想寻找荒野——那些不是真正的荒野,而是对我们来说感觉像荒野的地方。

今天多云,但空气倍感清爽。我们离开了牧场和单调的绿色,从斯莱戈路向西南方向的马尔班克路前进。那里的石灰石路面从草地上延伸出来，路边生长着兰花和牛眼雏菊。当我们接近基利基根自然保护区的入口时，一个幽灵般的身影从车窗滑过，每位麦卡努蒂的头都转向了左边。刹那的沉默，然后爆发出喜悦的欢呼。我们意识到一只雄性白尾鹞刚刚飞过，一位意想不到的信使。我整个夏天都没见到过一只，但就在刚才它出现了，一个快乐的护身符，内心银色光芒的赐予者。

汽车里充满了欢乐。我们笑得前仰后合，当我们跌撞着下车，追随它的身影一路跑到柳树下时，依然雀跃不已。我们停下来，不由自主地拥抱彼此——这是我们麦卡努蒂家人的做法。我们情不自禁，想在这样的时刻像这样分享爱和快乐。与彼此分享，与此地分享。妈妈把我们抱得更紧了，我几乎觉得一切都会爆发出来，我一直压抑着的所有悲伤，还有试图把我拉下去的黑暗。这就是为什么基利基根也被我们称为"麦卡努蒂的教堂"。

虽然我们朝着不同的方向去寻找更多的宝藏，但那无形之中将我们相连的一束线就像蜘蛛丝一样牢不可破。我很快在颤动的草丛中看到一个灰蒙蒙的绿金色身影。我蹑手蹑脚地走过去，坐在旁边的一块石头上。我看着它张开又合上那对有纹理的翅膀，展露出赭色和暗黑色。这是一只沐浴在薄雾笼罩的阳光下的墨绿色豹纹蝶。我看着它飞起，轻松地在草地上滑翔。我抚摸它刚刚飞离的地方，慢慢地收集它的温暖。不知道这里是否也有沼泽豹纹蝶，我坐着等了一会儿，直到内心再次躁动。我不得不起身，继续行走。

在阳光明媚的一天，我看到了被朱砂蛾毛虫覆盖的狗舌草。狗舌草是一种野花，因为毒性以及对牛和马的危害，农民对它深恶痛绝。但它对所有授粉昆虫是非常有益的。如果你在夏天的几个月里仔细观察狗舌草，你一定会看到花朵在生命中颤动，尤其会注意到朱砂蛾的黄黑条纹毛虫，它们像手风琴的慢动作一样沿着花茎向上移动。

天空中，一只孤独的欧亚鵟在哀鸣，我转身看见它的翼幅呈扇形展开，盘旋在附近的田野上。我脚下石灰石路面上面有凹槽和沟渠，却被水和时间冲刷得很光滑。在缝隙中，兰花和矢车菊的旁边，山萝卜正在生长。欧亚鵟在这片光亮的田野上盘旋，在那沉闷单调的绿色海洋上，搜寻着，搜寻着——然后突然俯冲，捕获了猎物。田野里有欧亚鵟的食物！我低头微笑起来，这片田野里也有生命。大自然总是令人惊讶。仅仅通过观察，我们就能挑战自己的偏见，把它们清除出去，了解其他的可能性。太阳从云层中钻了出来，一束光照在欧亚鵟身上形成一道光晕。我的皮肤发红、刺痛，我不由自主地向空中跳了起来。

七月二十五日　星期三

我们搬家了，它终究发生了。我们搬迁到另一个郡居住。我现在住在位于邓恩郡卡斯尔韦伦小镇的一处规模不大的现代住宅区。我们的花园里有本地的树：花楸、白蜡树、樱桃树和梧桐树。常春藤爬满了树干，森林公园就在马路对面。过去的几天像一场旋风，现在黑暗吞噬了一切，我没有动力写作。我常听到"抑郁"这个词，但不知道这是我现在的感觉，还是我对生活变化的正常反应。每天付出的努力程度犹如在糖浆中艰难跋涉。焦虑情绪一直在上升，与之战斗所花费的精力就像现在环绕着我们家的蒙恩山脉一样高耸入云。

上周搬家之余，我和克里斯·帕卡姆一起为他的全国范围的"生物多样性普查"做了一些拍摄工作，该活动评估并记录了横跨英国五十个自然保护区的野生动物。我拍摄穆尔洛海滩，那儿距离我们的新房子只有十分钟的车程，我很激动能探索一个即将熟悉的地方。这也是我第一次参与团队项目。通常我一个人工作，但这次我是众多年轻人中的一员，工作真的很简单，因为是在谈论我热爱的和令我充满激情的东西。但当比较和评论开始在社交媒体上泛滥时，问题就出现了。那时我的情绪开始沸腾。

我真没想到自我怀疑的情绪会如此强烈。他们祝贺或批评我的话似乎在屏幕上被放得越来越大，直到我突然意识到我是在寻求别人的关注和认可。这是我以前从未经历过的。多年来，我只是做那些吸引我的事情，并未考虑太多。通常做这些事的时候，我是一个人或与我的家人在一起，或多或少地与世人的目光隔绝——这并不是说我一直待在自己的世界里，只是因为没有多少人关注或关心我做的事情。但这次，因为我和其他年轻人、其他活动家和自然资源保护主义者们在一起，我突然发现自己着魔似的将自己的言语、行为，甚至脸，与他人进行比较。这使我非常不安。

如果我在这么做，那么其他人也一定在比较。所有这些比较的尽头在哪里？毫无疑问，我们会在途中迷失目标，也会迷失自我。人类的自恋和不安全感超越了支持崩溃的生态系统和保护野生动物的紧迫性。上周在社交媒体上着魔似的与人比较加剧了我的心悸。除了拔掉插头、关掉电源，别无他法。我仍然在关机状态。我的热情和兴奋被毁坏了。网上那些话让我很受伤，我只想苛责自己，因为我感到羞愧、内疚和困惑。

我经常听到别人说我是一个无名小卒,当我蜷缩在地上的时候这些话还是能钻进紧捂的耳朵里。这些话多年来一直在我的脑海里回荡,这是我第一次对自己说出这些话:你是个无名小卒。

我必须回归到正常生活。我和妈妈、洛肯和布拉希奈德一起来到了穆尔洛海滩的沙丘,与海浪、海豹和蝴蝶在一起。我漫步在人们常走的小路上,听着赤胸朱顶雀的叫声、云雀的鸣唱和海鸥的啼鸣。每走一步,我都试图在大脑中恢复与周围环境的平衡。这风景——山脉、海岸、海洋、沙滩、森林——将塑造我余下的少年时期,我现在必须关注它,让我的身体成为它的一部分。

作为自闭症患者,我是一个完美主义者,总是想方设法证明自己其实是一个冒名顶替者,一个失败者。还有很多人比我更符合条件,他们在社交媒体上拥有大量粉丝,他们说着正确的话,寻找着正确的方向,他们为野生动物挺身而出,对气候变化感到愤怒。我一直认为我在为一些事情呐喊,并且开始感到我的声音被听到了;认为我在以自己的方式帮助保护自然,通过做一些本地层面的事情,像学校的事,通过记录数据和参加抗议活动为科学做出贡献。在我的性格中,我不喜欢到处去回顾那些关于自然世界所遭受的恐怖的统计数据,因为它们超出了我的经验范围。它让我充满了绝望,我只想埋起头来。这是否意味着我很软弱,我的反应太平淡，还是我不在乎？如果这让我自己厌烦，别人为什么要倾听呢？我就是不适合。我不是那种人，我的身心都不允许。我必须接受我的局限性，或者我的优势。我希望能找到解决办法，但现在我感觉自己是问题的一部分。

很高兴我们能出门，躲过那些还未拆箱的行李。我看到了一只六斑伯内特蛾在山萝卜上，它红黑相间的翅膀停在紫色的花上，强烈的对比产生一种哥特式与皇家风格的冲突。这些小小的野生动物照亮了阴云密布的穆尔洛海湾，我躺在沙滩上，听着海浪的声音，我保证不会再迷失自我了。我必须停止自杀的念头。我不愿想象没有我的世界。我发誓不会让事情发展到这种地步，如果我还沉浸在悲伤中，我会找家人谈谈。

整个拍摄这件事，那些与他人的对比和自我认定，或许是因为更深的创伤引起的。也许我把这一切都当作一种借口。这些年来霸凌者们留下的影响很难解释清楚，他们在我的身心上都留下了印记。我不想这样。当霸凌发生时，我没有意识到。我受到了极大的影响，被淹没了。它吞噬了我的快乐。

我怎样才能战胜它呢？

我怎么知道他们不会再伤害我？

为了在为自然世界而战中发挥我的作用，我必须从打破陈规开始。每天喷出一股看不见的黑烟，冷却和净化我的心灵，努力重新成为我自己。这需要时间。我必须要有耐心。

八月一日 星期三

我一直做梦回到费马纳郡的基利基根,那个"麦卡努蒂的教堂"。我的手触摸着石灰石路面,脚踩大地。闻着费马纳郡的气味醒来,但我不在那里。

我在新房间里,洛肯正在用笔记本电脑播放音乐,淹没了远处车流的喧嚣。我强忍住这些天醒来时总会流下的泪水。弟弟发现我醒了,就跑了过来。他念叨着:"一捏盐,打一拳,每个月的第一天。"① 我冲他吼,大发雷霆。他被我的反应弄糊涂了,小声嘟囔着走开。我躺在那里,五脏六腑砰砰作响,一团黑雾滚滚而来。

一阵轻柔的声音从窗口飘进来,每一个音符都轻轻地将薄雾吹散,把它吹走,直到我能清晰地听到一种近似沙哑、熟悉又陌生的声音。我起身拉开窗帘,看到一只雄性乌鸫在

---

① 这是爱尔兰民间一种迎接新的月份、赶走坏运气的方式。盐是用来让女巫变弱的,所以捏盐意味着用盐来削弱女巫,而出拳则意味着永远驱逐女巫。

潮湿的草地上跳来跳去，啄食寻找着美味，然后跳上树篱。幼鸟从灌木丛中跳出来，成年鸟喂它。我换了个姿势，看得更舒服些——孩子们跟着父母跳起三段舞。跳跃、啄取、喂食，再重复。幼鸟不停地发出饥饿的声音，这种声音已经和成年鸟的叫声有相似的音律。

我们还没有挂上喂鸟器——我记得当我们在老房子里取下喂鸟器时，我泪如雨下。雨还没有开始下，但我能闻到空气中飘来的味道。那时我坐在花园里，因为搬家工人就在房子里，我不能忍受靠近他们。我蜷缩在一堵矮墙后面的秋千椅上，拽着地上的草让潮虫顺着我的手往上爬。我看到一只花园蜘蛛在织完一根丝线后匆忙跑到一块石头后面。我慢慢站起身，看着房子的后门。我看到门把手向下转动，妈妈出现了。她向我走来，我至今还能回想起她搂着我的那种感觉。我一直在哭，她在身边我哭得更凶了。但我不能把一切都释放出来，实在是太多了。相反，我控制了情绪。尽管房子还没被搬空，然而是时候离开了。搬家公司安排错了车，所以到处都是东西。我可以听到他们谈着接下来该怎么办，但一切都含糊不清。

关于搬家我真的记不清还有什么其他的了，现在我们住在邓恩郡，感觉费马纳郡如此遥远。生活还在继续，我必须面对每一天的到来。我很高兴现在是学校的假期。想象一下要搬家还要换学校；想想我不得不面对和应付新同学。不过自从我们到这里后发生了一件不寻常的事。隔壁邻居家有个男孩，比我小一点，但他对一切都感兴趣，喜欢玩棋牌游戏。因为天气不错，我们一直坐在外面打牌、聊天。我甚至指给他看一群蚂蚁穿过院子的石板，一支整齐行进的队伍扛着面包屑和一只令人惊讶的小步行甲虫。那一刻，我释放了真实的自己。我太兴奋了，伪装的面具掉了下来。他既没有笑，也没有用一种奇怪的眼神看低我。相反，他蹲下身来，我们分享了这个时刻。和另一个人，一个我不太了解的人一起体验的经历如此不同。说实话，这有点肤浅。但最奇怪的事情是有玩伴。这种不期而遇的友情在我身上几乎从未发生过。之后，我们继续打牌、聊天，我感到了一丝轻松，这种感觉仍在继续。

晚上晚些时候，我们带罗西到卡斯尔韦兰森林公园散步，令人惊喜的是，那里离我们的前门不到三百步——如果从后面的栅栏翻过去，距离就更近了。罗西是我们散步时的常伴，一个坚强而沉默的守护者。如今它相当温顺、听话——这是它参加比赛时留下的特征，如果不是突然传来像枪响或是汽车引擎轰鸣的声音时它的反应，大家早就遗忘它是一条赛犬了。我们叫它"自闭症狗"，因为它总想走同一条路。如果我们一家人没有在一起，或者妈妈不在，罗西会突然停下来，谁都不理会，完全拒绝继续走。我记得有一次爸爸独自带它出门散步，在外不得不打电话向妈妈求助，因为罗西在原地一动不动。因此妈妈不得不和我们一起外出，身体力行地带动它。从那以后，"妈妈是老大"这句话变成家里的笑谈，她是头狼。

路上的交通有点拥挤，但我们很容易避开去享受夜晚的空气。我们在老房子的时候不能这么做，这点是肯定的。因为在到达恩尼斯基林前，繁忙的道路要延续好几英里，而且比这里更加拥堵。

在卡斯尔韦兰森林公园里散步很轻松，我和妈妈聊天，因为我已经向自己和她保证，不会再把情绪压抑到不可收拾的地步。首先，我告诉她我多么想念费马纳郡，这里的一切都是那么陌生和不同。"闻起来不一样，"我解释说，"并不是以一种糟糕的方式，而是它原本就是这样。它的声音也是不同的，显示出好的迹象。这里肯定有更多的鸟类和昆虫。"

接着我告诉她关于隔壁邻居祖德，我的新朋友。这让她微笑，脸颊上的酒窝更明显——她疲倦的时候会这样。她的眼睛下面还有黑眼圈，看到它们，我想发现一切的美，并保证不让霸凌把我压垮。我身边有那么多爱。我愿意为她这么做，愿意为自己这么做。美好的事物就在我的周围，为什么生活还这么难呢？

夜幕很快降临，是时候回家了。我们在湖边绕了一圈，然后沿着来的路返回，绕着湖走。在黑暗中穿过陌生地带会让妈妈感到不安，所以我们加快步伐，快步走，开始冲刺过马路。

快到家了,妈妈拽住我的胳膊,我们在夜幕中停了下来,看见有影子从路的一边飞到另一边,是蝙蝠。我比平时更清楚地看到它们在我们周围闪动,因为我们屋后的路灯坏了。妈妈和我笑了,兴奋的情绪升腾起来。我们冲回房子:我找到了蝙蝠探测器,碰撞着穿过厨房,从后门跑出。在花园里,更多的身影在树中移动——当我看着折纸般的身形在飞行时,蝙蝠探测器被遗忘了,这是比夜晚更亮的阴影,蝙蝠灵活的翅膀在它们飞向空中进食时折成奇怪的角度。每天晚上,我们都有幸拥有这些会飞的哺乳动物,它们也在为我们进食。

妈妈回到屋里,我仍待在外面看着夜空。我注意到一种新的感觉,空中的嗡嗡声,一种吸引我望向生长在花园里的醉鱼草的悸动声。有什么奇怪的东西在那儿搅动着。醉鱼草周围充满了活力,在砰砰地跳动。当厨房里的灯亮起,大家都出来了——首先是洛肯和布拉希奈德,然后是妈妈和爸爸——我意识到我一定是大声呼喊了,但我不记得自己这样做过。

我们凑在一起惊奇地看着无数的银纹夜蛾在紫色的花朵上享受盛宴。一些休息着,喝下甘露,然后再斟满,不停地旋转起舞;即使是在休息,它们的翅膀也像暴风雨中的树叶一样在颤动。羽毛像鳞片一样,带着褐色的银斑点,星尘般闪烁着,保护它们不被我们其他的夜间邻居吃掉。我觉得很有趣的是银纹夜蛾可以干扰蝙蝠的声呐读数,即使被蝙蝠捕食，它们也可以逃脱，留给蝙蝠满嘴没滋味的鳞片。我们都在这里，麦卡努蒂一家聚集在一起膜拜这些小移民，也许是第二代移民。很快，它们将踏上前往出生地的旅程，银色的星星穿越陆地和海洋回到北非。

夜晚的噼啪声随着它们的离开而消失，尽管飞蛾没有发出什么声音，但是没有了它们，夜似乎更安静了。我们欢呼跳跃，互相拥抱，一股紧张的情绪被一起释放出来、蔓延开来。让这种情绪走开吧，让它在黑夜中被捉住，被带到很远的地方。我们聊天，看着天空，蝙蝠不在了，但天空中闪烁着猎户座、七姐妹星团和北斗星。只有我们，站在这里。所有我们最美好的感受，以及铭刻在我们记忆中的另一些时刻，在未来的岁月中将被提起和重温。记住这个夜晚，飘动的星星平息了我们所有人心中的风暴。

当我走进温暖的屋内时，我注意到屋里第一次没有搬家的箱子了。每样东西都物归其位。书架上摆满了书，墙上挂好了画。这是我们的家，就像我们在费马纳郡的家一样，它永远是我们的家，哪怕我们继续前行。因为即使我们一次又一次地搬家，家的感觉也会一直伴随着我们。

我兴奋地跳了起来，高兴地叫着，动着我的手和手指。洛肯大声说我已经好几个月没这么做了。

"你又快乐了吗？"他问道。

"是的！"我喊道，我想我是。我是吗？

八月四日　星期六

事实上，我没有快乐起来。第二天早上醒来，我又有一种被困住的感觉，一整天都如此，和祖德一起打牌时，和家人一起玩"幻想卡牌"和"打破砂锅问到底"桌游①时，甚至在吃披萨时连吞下去也会感到痛苦。

像承诺的那样，我告诉妈妈身上有件令人窒息的织物。隐形的紧身衣，我就是无法挣脱它。思绪疾驰，毫无意义或方向。我时不时地跌撞着，失去平衡，无法同步，漫无目的又毫无章法。与之斗争，总是做斗争。

妈妈认为探索新的地方可能会引入骑兵来对抗这些情绪。她还告诉我需要保持慈悲和感恩。"紧紧抓住它们，"她说，"记得写下生活中所有美好的事情。"她当然是对的，但要调动身上的每一块肌肉去争取。

最后她宣布我们要出门了，尽管布拉希奈德提出抗议，

---

① 即 Gubs 和 Trival Pursuit，分别是一种卡牌类桌游和一种竞猜问答类桌游。

因为她已经在我们这条街上很快交了很多朋友,想跟他们一起玩。我心里格外内疚,因为出门的目的是为了帮助达拉。沮丧的情绪在车内越积越多。这里和费马纳郡完全不同,邓恩郡的每个停车场都是满的,到处都是人。我们开车从一个地方到另一个地方却都没有成功,于是决定回家,回家的路上有个地方叫血腥桥——这个名字是为了悼念那些一六四一年起义期间在这里被血腥处决的新教徒。当他们与天主教囚犯的交换中发生严重的错误后,他们被从岩石上推到了桥下。

尽管它有悲惨的历史,但或许正因为如此,这里的风景呈现出一种奇异的美。我感到一阵微风从海上吹来,带走了近海岸的炎热。随着海浪拍打岩石的节奏,我胸口的轰鸣声也随之平息。沿着狭窄的小径我们走下陡峭的台阶,一边是岩石和大海,另一边是干枯的石楠丛。我们在一个宽敞些的地方停下,看风景。有三个人站在岩石上钓鱼——我禁不住想这是一件多么愚蠢的事,但也许只是因为我现在最不需要的就是更多的肾上腺素。

我坐在志留纪角页岩上——粗糙的岩石表面因苔藓的覆盖而变得柔软,人们认为它们已经有四亿年的历史了,这是大陆碰撞和海洋生物从大灭绝中恢复的结果。我凝视着花岗岩的纹理,用手指描摹着它们。岩石传导出的凉意让我感觉舒适。几只小鹡鸰从岩石上跳了过来,发出引人注目的啁啾声，此起彼伏。它们停下来，张开嘴，辛劳的父母回应了它们的哭声。我笑了，咯咯地笑了。对于一只小鸟来说，这声音太大了，然而它们离得更近了，不受我缩头弓身静止的身影的影响。这也是我们祖先听到的音乐，一边耳朵里是波浪，另一边是鹡鸰兄弟姐妹，双轨立体声响。不管我们是否意识到，自然的声音影响着所有事。

我朝岩石潭走下去，布拉希奈德和洛肯已经脱了鞋，像鹡鸰一样在光滑的志留纪裂缝之间跳来跳去，偶尔停住，蹲下来看看。我脱下鞋子加入他们，感受着花岗岩的寒冷。我们凝视着充满生机的水池。寄居蟹从我们浸在水中的两脚之间快速逃离。等指海葵摆动着它们的触须，我感觉它在给虾虎鱼挠痒痒，它深红色触须内缘周围呈蓝色气泡状。当我触碰它时，我的皮肤被黏住了——它们确实有刺细胞，称为刺丝囊，但这些细胞不能穿透人类的皮肤。触须缩回，我也缩回手。而且我坚定地回到了自己喜欢的生活中，进行探索、观察和学习。我也开始敞开心扉，把喋喋不休的触须伸向爸爸，分享我们生活中正在经历的事。这感觉真好。

当光线渐暗，白天的气温开始下降时，我们又穿上了鞋子和袜子。返程回家，这样到家时布拉希奈德还有时间和她的朋友们玩。看到他们，她很兴奋，跑在最前面，不过在她停下来大叫时，我们又都赶了上来。她亮晶晶的眼睛又被什么东西吸引住了，这次是一只闪着翡翠光泽的绿虎甲。我们把它放进一个罐子里,观察它的动静。它是一颗闪闪发光的宝石,是蚂蚁和毛毛虫的凶猛的天敌。贪恋地看了一会儿之后,我们放了它,看着它像飞掷出的标枪一样冲向前,不愧为世界上速度最快的昆虫之一。我跳上台阶,享受着失重的感觉。明天还会一样吗?

八月七日　星期二

开始时，我们的脚步很轻
赤裸在大地上，我们没什么重量
四处迁移，留下足够的，允许大地复苏和再生。
敬畏。

历经千年锻造，我们持续地增加着无尽的铅华，愈加沉重，
留下深刻而持久的压痕，发出冲击波。
消除。

残忍，如海绵般的贪婪，没有阻碍，
手和脚变得工业化。
怪物般喷吐毒物，令人作呕
震耳欲聋，万剑穿过。
刺穿。

现在,隆隆作响,践踏无边。
大量毁掉了曾经的富饶之路。
我们无助地看着,麻木的疼痛,
空洞的、萦绕心头的哭声回荡在空旷的空间。
等待。

停下。我听到了希望,故意大步前进。
脚步声恳求着采取必要的行动。
伟大的思想在呼啸,引导着变化,
要求减少我们的重量。

我要听鸟鸣,大量的扑腾声、嗡嗡声,不再毒害或毁灭。
为了增长而增长的方式必须结束。
我们这一代会看到正义崛起吗?

八月八日　星期三

每天我们都在进一步探索马路对面的森林公园,细细品味它,像朋友一样去了解它。我们在松鸦和秃鼻乌鸦中间找到了秘密路径。我们爬上了一堆落叶,偏离了小路。我能感觉到我的能量恢复了,我的胃口也回来了。我已经好几天没有饥饿感了,但当新鲜的景象和声音填满空虚的大脑时,空空的肚子也想被再次填满。

一种我们可能都渴望的模式正在形成。搬家和适应期的混乱正在过去。我们在房子里安顿下来,在森林里野餐。有一天,一只冠小嘴乌鸦停在了我的脚边。那是一只年轻的雄性乌鸦,当它从我腿上跳过去时,我能听到它沙沙的响动。这让我想起了《秘密花园》中的一句话:"任何人身上都可能发生非常令人惊讶的事情,当一个不愉快或气馁的想法出现在他的脑海里时,他要有意识地通过一个令人愉快的、坚定勇敢的想法把它赶走。一个地方放不了两件事。"

八月十一日　星期六

我们驱车前往位于安特里姆峡谷的格莱纳里夫森林公园里的邓贡奈尔水库，参加来自世界各地关心白尾鹞的人们的年度聚会。这是一个机会，让我们对所有猛禽遭受的迫害表示共同的愤慨，并分享我们自己看到白尾鹞的经历。

我已经有一段时间没有接触过一大群人了，我能感觉到内心揪紧成巨大的一团。我开始带着假笑蒙混过关，含糊其辞地到处说几句话，直到我碰上鲁尼博士（"苍鹰艾米尔"，我喜欢这样称呼她）。我们谈论鸮、赤鸢、无人机和其他鸟类，这些话题如此轻松地流动着，让我心情舒畅。不幸的是，我不能一直和她说话，我们被其他想打招呼的人分开了。

看到吗？所有的聚会上，善意的人们告诉我，我是多么鼓舞人心。我的社交媒体如何激励他们的生活。我的博客、竞选活动和演讲是多么"令人惊叹"或"难以置信"，甚至有人说我是"年轻人的绝佳榜样"。我讨厌这一切。老实说，我觉得自己像个冒名顶替者。我不值得任何表扬。这让我非常不舒服,他们为什么不直接帮助他们的孩子、孙子、侄女或侄子加入活动呢?去做和我同样的事情,把聚光灯从我身上引开。

我微笑,跟他们握手。和往常一样。

对于抵触他们的赞美这件事,我感到很糟糕,只好离开所有人,沿着长满青草的河岸,走向水库,那里的大地被烧焦了,野花挂在一根破烂的缆线上。晏蜓科的蜻蜓在沼泽池塘上空盘旋和猛冲,从空中捕捉猎物。这里还有相当多的孔雀蛱蝶——我数了一下,至少有十二只遍布在棕绿色的草地上,色彩飘动——好多双眼睛[①]。

回到聚会现场时,活动快结束了。今年没有任何演讲,对此我很感激——我往常对人群演讲的那种热情已经完全消失了。也许它会适时回来,也许不会。接下来的下午都没有太糟糕的事发生,我们在回家的路上看到了五只欧亚鸳。然而,水库周围并没有白尾鹞;回家的路上也没有,我不知道今年还能不能再见到一只。

到家时遇见布拉希奈德的"欢迎委员会"是一种常态。我在外面闲逛了一会儿,突然有一股冲动,想和小孩子们一起去寻找一些大自然的发现。我们的房子对面有一处公共灌

---

① 孔雀蛱蝶的翅端上有彩色眼状斑纹。

木林，我围着它走，想寻找一根羽毛或一些汉荭鱼腥草给他们看。我不想把自己的标本带出来，以防它们从孩子们小小的手指间滑落或丢失。我注意到灌木丛另一边的地上有一团血淋淋的羽毛。完美！

我跑去拿了几副手套，拆开了奖品：一只金翅雀的翅膀。我把它擦干净一点，迅速把羽毛捋顺。我给孩子们看，他们带着排斥和好奇混杂的心情看着我和翅膀。我把它放在地上让他们查看，它有绚丽的金色、黑色，还带着银色的绒毛斑点。我鼓励他们轻抚它，感受它有多柔软。他们没有退缩，眼睛闪闪发光。我告诉他们一些信息，因为有些孩子懂爱尔兰语，我说金翅雀被称为"森林之火"（lasir choille），并问他们知不知道金翅雀被称为"魔力"[1]。他们问了更多的问题，我拿出书，给他们看了一些花园里鸟类的图片。谁能想到，在住宅区灌木林下的寻找会带来这样的时刻？黄昏中的我洋溢着幸福。街灯闪烁不定，一只知更鸟在向它歌唱。我坐在台阶上，街道上现在空无一人。我不知道我的周围是否还有幸福的光芒，或者是否有人能看到它。

---

[1] "魔力"（Charm）这个词来源于中古英语 Charme 和拉丁语 Carmen，意思是有魔力的歌或咒语，形容它们的叫声。

八月十三日　星期一

厨房露台的门在炎热中敞开着。我和祖德坐在台阶上玩纸牌，鸟鸣声盖过了车水马龙的噪声。我们漫无目的地聊着神话和动物之类的。我从来不擅长交谈。那是一门我弄不明白规则的艺术。我要么只会喋喋不休、滔滔不绝地讲述事实，不听别人说；要么就默默地干瞪着，对如何参与其中感到困惑。情况一直都是如此。可是我和祖德在一起感觉很轻松。没有第三者，没有责骂，没有小团体，没有霸凌。不过我小心翼翼的。就好像我在等着轻蔑溜出来一样，哪怕是不小心。无法控制的是妈妈在厨房里计划下周参观我们的新学校，这让我一下子既害怕又期待。新开始的机会伴随着这样一个想法：除了祖德，我不认识也没有真正接触过家里以外的人。我真的不想再认识其他人了。

当他回家吃午饭时，一阵微风吹起，把带着眼状斑纹的翅膀吹落到我的脚上：一只在挣扎的孔雀蛱蝶。我急忙去拿糖水，但它没有反应。我用手指把它举向天空，它微微颤动。我把它放在醉鱼草上，它喝了一点。我等待着、观察着，但它掉到了地上。生命终结了。

我回想起去年八月，布拉希奈德在路上发现像纸一样单薄、满是灰尘的孔雀蛱蝶，它的翅膀还在拍打着。她把它放在胸前带回家，就像戴着一枚有生命的胸针。它一整天都待在那里，而她轻声细语，并献上食物和水。当生命的终点来临时，她把它放进了她的"物之盒"，一个纪念曾经有鲜活生命的盒子。尽管盒子里的每一样东西都是死的，但它们活在布拉希奈德的记忆中。她爱它们每一个。

坐在露台的台阶上，想着布拉希奈德的盒子，我感到一滴眼泪滑下脸颊。在布拉希奈德的眼中，生命没有等级，因此世界上也没有生命的等级制度，真的没有。最小的生物和那些在大草原上漫步、在天空中飞翔或在树林里荡秋千的动物一样重要，需要同样多的关注和敬畏。对布拉希奈德、对我来说，他们都是平等的。

八月十四日　星期二

　　孩子们玩耍的尖叫声从一家转到另一家。从后窗传来汽车和卡车断断续续呼啸而过的声音——但这并不可怕，因为花园里的树木把我们从马路的喧闹声中隔离出来。这是我第一次住在有成熟的本地树木的房子里。常春藤覆盖的树干充满活力。

　　早餐前，我通常把洛肯敲打键盘的声音留在卧室里，出去看看花园的尽头发生了什么，那里充满了各种美妙的事物。现在爸爸已经在樱桃树和花楸树之间搭起了一张吊床，在拥堵的交通高峰到来之前，在上面荡来荡去已经成为我早上习惯的一部分。从那里，我可以看到一只大山雀在喂养它的幼鸟，时不时地飞出去寻觅毛毛虫和蜘蛛。幼小的孩子们此刻都很慵懒，和它们筋疲力尽的父母一样沉闷。它们的羽毛呈人字形图案，精美又纤细，几乎没有绿色。它们的叫声（四声尖锐的哔哔声）很快得到了回应。对于繁殖来说，这个季节已经晚了。大山雀通常会繁殖两窝，但由于我们离开了费马纳郡的雏鸟有一段时间了,我不确定邓恩郡的这些大山雀是第一轮还是第二轮的雏鸟。我需要了解。这需要时间,但很快季节就会告诉我想知道的。每年的季节转换将揭开它的秘密。

我闭上眼睛,仔细听那四拍的嗷嗷待哺声,直到它被一只知更鸟的声音淹没,在潮湿的空气中更精致地倾泻而下。树叶的沙沙声让我注意到一只知更鸟幼鸟,它与成年的知更鸟非常不同——没有红色的胸脯,杂色的身体有十种不同深浅的棕色,头顶上还有斑点。它跳到了我的右侧,在灌木丛中进进出出。近距离仔细观察,我可以看到它的喙部已经褪去了幼鸟特有的白色,它的羽毛也更加整洁光滑,刚刚开始显示出红色的迹象。它有目的地跳起来,飞到喂食器上。我们的第一位访客!喂食器一个星期前已经准备好了,但在这之前毫无成果。一只成年知更鸟带着权威猛扑过来,幼鸟惊惶地奔到柏树篱边,不见了。成年的这位鼓起胸膛,摆出各种姿势,发出优美的叫声,表现出它挑衅的姿态。

这个世界上,我们都有自己的位置,自己小小的角落。我们必须注意到它,以感恩和恻隐之心来对待它。这个邓恩郡的小角落也许正是属于我的,在这里我可以思考,观鸟,在吊床上轻轻摇摆。但这就足够了吗?有意识地去注意是一种抵御和反抗行为吗?我不知道,但无论如何要微笑,因为我一天比一天感到轻松。

八月十六日　星期四

今天，我们的花园里到处都是鸟：煤山雀、蓝山雀、大山雀、乌鸫、画眉、喜鹊、寒鸦和秃鼻乌鸦，它们在草地上狂欢，啄食着喂食器。我可以高兴地看着它们一整天，但雨从东部来，所以我们决定去西部的穆尔洛海滩，待在阳光下。通常我讨厌晒太阳。它的光太亮、太热，让我感觉好像无处可藏。但随着这场雨的来临，我很想在穆尔洛的沙丘上被温暖和海风紧紧包裹。

这里的古沙丘系统已有六千年的历史，脆弱而壮观。这些异常高的沙丘是在十三世纪晚期和十四世纪由大规模的风暴形成的，中世纪的人们用它们当兔子窝，养兔为他们提供肉和毛皮。兔子的饲养促进了这里杂草丛生的欧石楠荒野的生长，但当兔黏液瘤病在二十世纪五十年代首次爆发时，就像在爱尔兰和英国的其他地区一样，这里的兔子几乎灭绝了。兔子少了，沙棘和梧桐才能生长，把荒野变成了灌木丛。如今英国国家信托基金介入了穆尔洛，对这片土地进行管理，这里恢复成了荒野。而从地上大量的粪便来判断，兔子似乎也再次在这里繁衍生息。

天空闪闪发光，海风吹拂，塑造着云的形状。洛肯和布拉希奈德想游泳，我拿着望远镜沿着海滩散步。海上出现的身形让我停住了脚步：三只鱼雷般捕食的塘鹅。它们俯冲，盘旋，然后突然下落，再盘旋上升，直到最后一秒变成箭射入水中。燕子在头顶上——我可以如此清晰地看到它们小小的身体，轻便地、不停地移动。我觉得自己和它们一起上升。

此刻我黑暗纠结的思绪似乎消失了。我觉得自己像塘鹅和燕子一样自由。如果它们可以过自己的生活，我不也应该这样做吗？我能呼吸、生存并战斗吗？包括我们人类在内的自然世界正面临着如此巨大的挑战，很容易让人不知所措和沮丧。但我们必须解决这些，如果我不在了，没有生命了，我就无法参与到解决方案中。到底是什么在阻碍着我？焦虑？抑郁症？自闭症？这些是枷锁。当然，我可以挣脱它们。或者至少我可以接受这些东西是我的一部分。我没有答案，但是这些轻松的想法和这些日子把我的身心和周围的一切编织在一起。我唯一真正依赖的是自然——就像我们所有人一样。

洛肯和布拉希奈德朝我跑过来，我朝他们跑过去，然后我们一起跑，满心欢喜。我们不约而同地放慢了脚步，都被点缀在海滩上的那些奇特的大贝壳所吸引。我们每人捡起一个，摊开手，精致的瓷器呈现在手掌上。它们看起来像暗淡的行星，凹痕的表面上布满了对称的线条。我摇晃起它，听着沙子和过去的低语。这些是心形海胆——一种会挖沙子的海胆，表面的星星点点曾经长满突出的刺，褪色了的碳酸钙外壳在陆地或海洋上很容易破碎。因此每一个都是一个奇迹，而那么多奇迹同时出现在了这里。

我们开始收集它们，洛肯决定命名其中三个最好的标本——"桑迪""萨姆"和"桑德拉"。他和它们——三只海胆——聊了起来，这让我们捧腹大笑，眼泪都要流下来了。当温暖的细雨开始落在我们身上时，我们仍然在笑。在黑暗的天空下，我对自己帮助地球的能力变得没有任何疑虑。相反，我感到精力充沛，准备好了。浑身又湿又冷，牙齿打战，还在疯狂地咯咯笑，我感到希望在雨中倾泻。做我自己就足够了。

八月十九日　星期日

今天的空气真甜。这些天我看一切事情就像桃乐丝在奥兹国里一样。我不太清楚到底发生了什么。也许我大脑中的血清素水平奇迹般地达到了平衡点。也许和妈妈聊天，并把一切都写下来确实有帮助。我只是不知道具体是怎么回事。雾已经散去，我可以看到所有美好的细节。

早上爸爸开车带我们去托利莫尔森林，这是北爱尔兰最早的公园之一，于一九五五年开放。雨停了，前几周的酷热已经过去。还没上车，我就有一种奇怪的感觉：我的肩膀上有个小生物。我花了一点时间才意识到这是一只划蝽，面目全非，离开了水面毫无遮拦。我请爸爸帮我确认它的身份，我们都对这只华丽的生物惊叹不已。它桨形的后腿仍然撑开着，歇息在我亮蓝色的抓绒外套上，仿佛那是池塘的水面。如果我没有感觉到它，我们可能就丧失了这个神奇的时刻。然而正是这些，最微小的注意，会将我们所有人联结在一起。大自然的奇迹。划蝽开始预热翅膀，然后它飞走了，消失在视野中,但留给我们的礼物是一场持续的对话,直到我们到达托利莫尔森林。

我们到达时,停车场里人山人海,声音嘈杂,提醒我们为什么之前不来这里。这些对感官的冲击使我充满了恐惧。我试着把这些想法放到一边,用景区大地图分散自己的注意力。我们决定走第二长的"红色"步道,不太费力,但希望没那么多人。当进入森林,人群开始变得稀少,鸟鸣超过了人们的闲聊声。

通常,我们一家人走得很慢,但今天我们有目的地沿着希姆纳河急行军般地穿行,过了帕内尔桥,把人群甩在身后。一片金色吸引了我的目光;鹿胶角菌,一簇孢子卷须从地下蜿蜒而出,从海绵状到坚硬,有一点松软湿润。它那美丽的光芒好似阳光照在森林的地面。我四处搜寻,找到了它原来生长的那块木头,上面覆盖着落叶,周围是发光的苔藓。它的拉丁属名"胶角耳"(Calocera viscosa)的字面意思是"美丽和蜡质"(Calocera),还有"黏性"(viscosa),虽然感觉它现在不那么黏,因为前几天的雨只下了一会儿,而且从那以后天气一直干燥。

一七五二年托利莫尔开始变成植物园,园内混合种植了本地树木和异国树木,如桉树和猴谜树。来自托利莫尔的橡木被用于建造白星航运的内部,包括泰坦尼克号。我们快速穿过植物园,爬到更高的地方,在那里我停下来倾听欧亚鸢的叫声，并望见它俯冲到树后。再往前走，我弯下腰系鞋带，正好看到面前有一样被丢弃却异常美丽的东西：鸟巢。我轻轻地捡起它，在手中转动着，欣赏它错综复杂的编织，有细枝、根茎和苔藓，同时里面还有一层层的绒毛和羽毛。我的思绪徘徊在鸟巢掉落在地上的各种可能性上：它遭到了袭击吗？是风把它吹下来的？它是在雏鸟们羽翼丰满后被从树上丢下的吗？

我带着鸟巢继续走路，心怀着对其复杂性和工艺的敬畏。一个快速移动的身形出现了：一只蜘蛛，十字园蛛，有十字形状和白色斑点在它的腹部。我喜欢蜘蛛，尤其是十字园蛛和圆网蛛。它们是如此迷人的景致——想到人们漫不经心地杀死它们，或者仅仅评论它们是多么令人厌恶，我就感到痛心。当十字园蛛逃窜着躲起来时，我把鸟巢放回到森林的地面上，尽管我真的很想保留它。鸟类可能不再使用它，但它已经成为蜘蛛的庇护所，并可能是食物的来源。一处袖珍的栖息地，我不想打扰它。

此时我已远远落在众人后面，所以冲上去追赶，甚至跳起来一点，因为我感觉到很幸运能成为这个家里的一员。当到达霍尔桥和斯宾克威河的涓涓细流时，我们已经走到高处了，可以俯瞰寒鸦和秃鼻乌鸦在下面的树上聚集，它们的议会会议可能比我们人类政府的会议更加有趣。

对政治读得越多、听得越多，我对自然和野生动物的关注就越强烈。只要想想我们在北爱尔兰的处境，就会让人感到强烈的愤怒和沮丧——两个主要政党都各自固执己见地站在旧分歧的两边。我必须身处议会大厦里才能有所作为吗？是英国议会还是联合国？我能从外界争取改变吗？

我再次倾听乌鸫，让它们的声音深入到储存记忆的地方。我也能听到欧亚鸳的叫声，但看不见它。我闭上眼睛，稍稍休息一下，这样我就能听见河水的温柔奔流声。一只乌鸫在歌唱——也许这是它夏日里的最后一首歌。

我继续往下跑，一直跑到阿尔塔瓦迪桥，也就是斯宾克威河和希姆纳河交汇处。水涌过岩石，河岸边是破土而出潮湿的树根，几乎触及河水。洛肯和布拉希奈德已经脱掉了鞋袜，涉水而过。我坐在边上，一只粪金龟慢慢爬到我的裤腿上——我注意到它腿上蓝色光泽和炭黑的鞘翅在闪闪发光。我把它拿起来，用大拇指在手掌上翻动。这些发光且精致的生物是我们乡下真正的清洁工，每天都在消耗跟自己同等重量的粪便。它们还有令人惊叹的交配习惯：日落之后，它们会找到一个合适的牛粪堆，雌性在那里挖洞造窝；雄性在雌性身后工作，在雌性产卵之前，清理好每个房间并在里面存放一堆粪便——当卵孵化时，就有一顿现成的食物等着它们。这一切的美丽和逻辑，像这样的生命周期，让我很开心！

听到布拉希奈德的叫喊声时，我仍然沉浸在粪金龟的求偶仪式中，它尝试从岩石上滑到水中，把浑身弄湿。洛肯也湿漉漉的——显然他喜欢穿着衣服泡水。因为对此毫无准备，妈妈把她的套头衫给了他们，然后他俩就扑哧扑哧地回到了停车场。

八月二十九日　星期三

当谢默斯·希尼的词句开始在我们的房子里回响时，你就知道黑莓的季节到了：

像增稠的红酒：夏季的血浆
在舌头留下印痕和诱人采摘的
欲望。

我们整个上午都在路边和森林里采摘。品尝第一颗黑莓时总是会在内心深处迸发出火花。甜蜜的火花。当黑莓汁顺着下巴滴下来时，我再次感受到了自由，在兴奋不已的状态下，我明白了所有的事情，好的或坏的，都有一个结局。手捧一把黑莓，我甚至对昨天参观新学校时我完全无视校长的行为有点释怀了。

因为看到我穿了一件地下之声乐队的 T 恤，他开始说起自己在二十世纪七十年代是一个朋克。我本该因为和他有共同之处感到惊喜。然而，我的大脑不听使唤，头抽痛着，眼睛和耳朵无法处理任何东西。胃在翻腾，嘴里有一股难闻的味道。庆幸的是，当我们在学校里散步的时候，它开始消失了。可能因为我放松下来了，副校长似乎有第六感——她给了我和洛肯足够的时间来了解周围的环境。但是重新开始的压力是发自内心的。也许正因为这所学校是我之前学校的镜像，反而让我感觉它更加陌生：它们都建于二十世纪九十年代，而当时的建筑规划必须是统一的。我无法用逻辑来克服这些情绪波动。我的感觉、我的身体、我的身体系统都不允许。

从森林里回到家后，我走向我喜欢的地方——吊床。现在空气更加凉爽，花园里也更安静了（除了外面的车辆之外）。阴影在群山上方延伸，在那里我们看见过红鸢在热气流中高高地盘旋。我们鸟类邻居的翅膀还在拍打着，燕子们还在这里，它们的数量一天天地增加，它们一起觅食，叽叽喳喳地说着长途飞行的迫近。一些燕子夫妻可能在夏末生了第三窝，甚至这些刚会飞的雏鸟也准备好与成年燕子一起踏上危险的旅程，前往非洲南部，途经法国、西班牙东部、摩洛哥，再飞越撒哈拉沙漠，绕过非洲西海岸，或向东沿尼罗河河谷而下。这种令人难以置信的迁徙永远让我感到惊奇并鼓舞着我——这些精力充沛的小燕子可以连续六周每天飞行三百二十公里，与饥饿和疲惫赛跑。当我开始担心学校和所有新的事物：人、教室，我想到了燕子的韧性和决心。

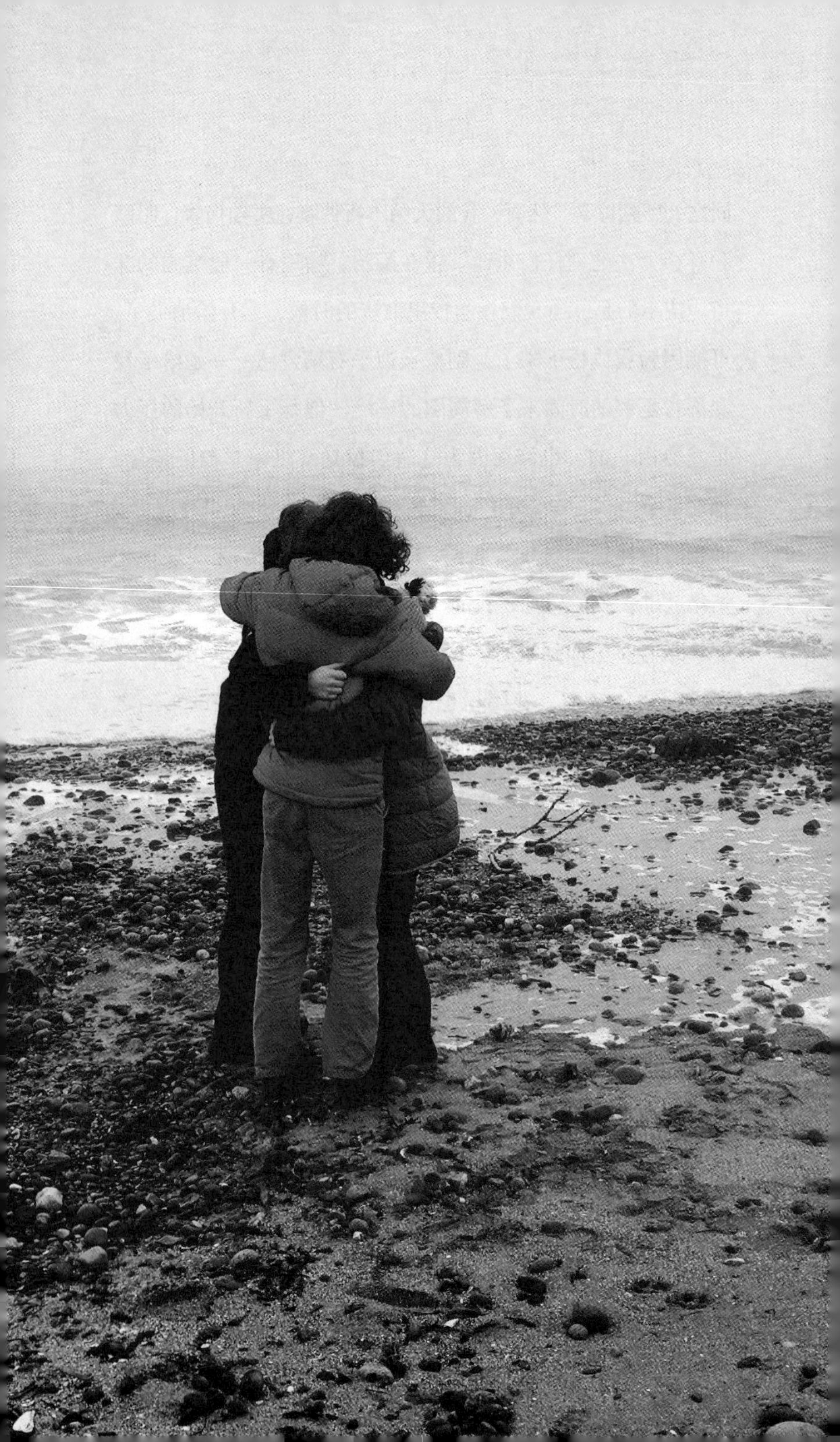

秋

没有什么能比得上斜射而下的阳光，那是浓烈的美景。虽然生命处于缓慢凋零和温柔催眠的状态，但仍有一股力量从大地爆发出来，在我们脚下相连，菌丝般密密交织着，在黑暗中结出果实。真菌，森林的硕果。每天我们都路过这些看不见的东西，未曾意识到它们对地球上生命的重要性。它们是森林里隐秘的神奇网络。

秋天的泥土气息如此不同，令人陶醉。大量的化合物挑战着我的感官。当大地呼吸的时候，我深深地吸一口气，掩盖即将到来的新的恐惧。新学校、新同学、新的航程。忧伤，虽然不是新添的，却无法止住。

过去的几个月是纷乱的，我不去想那些被浪费的时光和失去的日子。相反，我专注于"崛起"。躺在森林中一棵巨大的桦树下，我感受着阳光和土壤的温暖，从黑暗中崛起。

我的周围环绕着五六朵毒蝇伞（蘑菇）。像它们一样，我也破土而出了。这些年来，我遭受的残酷的奚落、殴打、排斥、孤立和绝望——所有潜在的伤害都被意义和目的掩盖了。我现在的生活就是这样。我不能只简单地爱自然，而是必须提高自己的声音来帮助它。支持和保护自然是我的责任，是我们所有人的责任。人与自然是生命共同体，相互联系，相互依赖。

但是用写作来提高声音就够了吗？感觉这还不够，远远不够。我得想其他的方法来承担起责任。

光在桦树的枝叶上弥散开来。毒蝇伞像一颗点缀着白色碎片的宝石，火焰般明亮，在我的脑海中闪烁，唤起我对往事的回忆：四岁那年，我蹲下身，面对着一个留着长长的白发、戴着眼镜的人——那时我也刚刚开始戴眼镜。他有一个木盒子，里面装满了森林的果实；每一种不同的蘑菇都异常迷人，令人神魂颠倒。我感觉到了与自然的那种联系。我专心地听着，锲而不舍地提问。我并未记住他所有的善举，但善良的印记已深深烙在心中，火花已被点燃。学习自然的热情开始燃烧。

我多希望能更多地想起关于那天的回忆。那天是什么样的味道？我听到了什么声音？我到底说了什么？妈妈和爸爸用相机记录了我的样子：小小的、认真的、戴着眼镜。我明显兴趣十足，摇晃起了我的存钱罐。在大人的陪同下，我去了水石书店，在那里，我把硬币放在柜台上，获得了我的第一本野外指南——罗杰·菲利普斯的《英国和欧洲的蘑菇和其他真菌》。妈妈还给我买了一些绘本——我最喜欢的是西蒙·弗雷泽的《采蘑菇》，里面有精美的插图和睿智的文字。这两本书现在都已破旧，书角也卷了起来，但我仍然喜爱它们。

我翻过身来，感到身体很轻，目不转睛地看着毒蝇伞，直到它们在我的视线中变得模糊。毒蝇伞被萨满教巫师奉为圣菇，在冬至日那天被当作礼物赠送，也许是因为它们能引起幻觉（尽管这种特殊的鹅膏菌致死的情况很少见，但我还是不敢冒险）。不过它们太美了，完美得像只有童话里才会出现的毒菌。它们有一些呈圆形，小小的，刚刚展露出些许红色；另一些则更像侏儒精灵装饰品，色泽明亮，但伞盖上有些地方因成熟久了而脱落。我摸了摸它轻软的表面，有点湿、有点黏，又靠近闻了一下：一丝淡淡的甜味。我转身仰面躺着，想着即将到来的季节。新学校的生活即将开始——校园面朝着大海，三面环山。崭新的地平线。我起誓要骄傲地昂起头。我负有使命。毫无疑问，这一段旅程会遇到阻碍，但它们不会阻止我，就像你不能阻止种子生根发芽，破土而出。我可以怀着谦卑，或安静或大声地去战斗。我可以扎根下来，去构想，去安排，去憧憬。我会成长。树苗的阶段即将结束，是时候长出粗壮的枝干，变得更加成熟了。

九月二日　星期日

大多数清晨我都会去森林公园散步。在和平迷宫的后面，我在主干道旁的一块草坪上发现一处地方，面前的絮状的柳兰可以在流连此处时将我遮挡。柳兰羽毛状的种子被微风吹散。我从这里可以凝望远处地平线上的群山，或者观察近处的野兔们钻进钻出它们的洞穴——有时它们闯入我的寂静，大约有二十来只，鼻子抽动着，蹦蹦跳跳。

从我家在费马纳郡的老屋望出去，地平线上耸立着奎尔卡山，它仿佛摊开的手掌，山势平坦，却让人不禁想要前往。这里还是高原保护区。现在的住处与高低起伏的蒙恩山脉融为一体，是属于我们的纳尼亚。我渴望跑向那些峭壁上的岩缝，沿着嶙峋突兀的边缘探索。随着时间的流逝，我与蒙恩山脉相知相依，和睦共处。

这里的车流声不像在花园里那么喧嚣。日间温度逐渐升高时，我仰卧观察寒鸦，它们欢快地嬉闹着，这些侵入者的喧闹声在森林中回荡。像往常一样，我感觉到大地的律动。

我能感知地下所有生命的悸动，这种怦然的悸动也存在于我的身体中。回家的路上，我在一大片柳兰旁驻足，听到蚱蜢仍在鸣唱。

家里一片繁忙。下周二就要开学了，洛肯和我的校服嘲讽般地挂在厨房的门上。空荡的衣服松垮地挂在那里，等待我来穿上它们；我很好奇究竟会不会有人把校服穿坏。我径直奔向厨房，一路小心地不碰到那些近身的物件。地图摊开在桌子上，这里充满了浓烈的咖啡味。布拉希奈德正在把蒲公英夹到笔记本里，洛肯正在读尤斯伯恩的历史百科全书。他仍旧痴迷于前苏联历史——纸上的锤子和镰刀吸引着他。

当我们（自闭症患者）对一些事产生兴趣时，多数人称之为"沉迷"。这实际并非像人们想的那种过度沉迷，它并不会阻隔我们与外界的沟通。恰恰相反，这种对兴趣的专注，是对忙碌的大脑的一种完全必要的放松。兴趣能带来平静和抚慰：当我收集信息、发现规律、排序和整理这些活动时，大脑的紧张得到缓解，我的压力也随之释放。因此，我更喜欢用激情来形容它。没错，跟随激情，对情绪的平静和抚慰来说是绝对必要的。

我们的双脚躁动不安，对外出有一种不变的渴望。温暖的天气在召唤，于是我们前往克罗克纳非拉森林散步——这并不是去登山，因为晚些时候我们还有事情要做，而山是要留给那些时间富裕的日子。这里被群山环绕，当我望向前面的小径，斯列维马克山峰在我的背后凝视，像一位不知何故与其他山峰分开的孤独的巨人。我们在停车场边的灌木中采集黑莓，在散发着椰香的金雀花丛中饱餐一顿。我们沿着泥泞的小道，追随着山上的石栖鸟（即黑喉石䳭）的叫声，走到了森林的边缘。这片大多是人工林，但也发现了几片柳树和榛树林。

离开斯列维马克山的凝视之后，我感觉步伐更加轻盈，心跳平缓下来——对开学的焦虑消散到了泥土中。忽然，我感到有东西在殷切地期盼着我，低头便瞥见一缕橙色在舞动，薄纱般的光洒在琥珀色的翅膀上：是红灰蝶们，大约有十只，在亲密交谈。其中一些衣衫褴褛，而另一些衣着光鲜。它们一起飞舞，偎依栖息，无论翅膀是磨损的或是依然柔软明亮的，是正在起飞的或是停歇下来的，都和谐地在一起。

我极不情愿地把蝴蝶的这缕光芒抛在身后。当我们继续在森林中穿行时，成群的摇蚊在阴凉的树荫下竞相追逐斑驳的光影。这条路逐渐变得有些枯燥，但光线仍格外明亮，把小路两旁幽暗的树林都染成了金色。蜻蜓在我们的头顶盘旋。松鸦发出的嘎嘎声像是念着一串咒语。我们一路脚步轻快地到了一处被水淹没的小道，现在我们要么绕过它，走到布满荆棘和金雀花灌木的河岸，要么直接涉水通过。洛肯和布拉希奈德迫不及待地脱掉了鞋袜，不仅喜笑颜开，甚至有点欣喜若狂。爸爸意识到他不得不跟随着。罗西不愿意效仿他们——作为赛犬的格力犬，当它们在比赛中遇到难题时，会很快变得无精打采。如果弄湿了脚爪，它会姿态优美又有些恼怒地把水甩干——也许过去五年里我们太宠爱它了，但它的确不是一条爱冒险的狗。妈妈问我们是否需要帮助，她优雅地收拾起我们的鞋袜，并没有加入我们，而是在茂密的灌木丛边穿行。对于一个年轻的博物学家来说，赤脚感受自然中的泥泞本应是种美妙的体验，但这又是我仍在学习去享受的事——不知为什么，踩在泥浆中发出的扑哧声让我备感折磨。我选择另一条路，想走在坚实的地面上，尽管不可避免地会被灌木丛刮伤。

我很快就被路边野生蓝莓丛中的五只七星瓢虫吸引，它们沐浴着阳光：一只张开了它的斗篷，翅膀嗡嗡作响地飞到了我伸出的手指上。它在那里休息了片刻，又缓缓落到我的手腕上，让我感觉有点痒痒的。当一束光照到它，它便飞走了。我停留在原地，观察剩下的瓢虫，光影交错中，它们的那一抹红色忽明忽暗地变幻着。

这条路断断续续地被水淹没了一段距离——让我联想起最近有很多树木被砍伐，便很想知道这之间是否有关系。旁边泥炭沼泽①的表面漂浮着几片彩虹般的油膜。布拉希奈德

---

① 一种独特的生态系统，在欧洲主要分布在爱尔兰、英格兰北部、苏格兰等地。

走在最前面,水淹没了她的小腿。她把从拉斯林岛带来的毛绒海鹦玩具搂到了胸口。爸爸和洛肯跟在不情不愿的罗西身后。洛肯是可以真正与狗交流的人。他与罗西的关系很铁。这点你可以从他往常哄着罗西蹚过水坑的方式中看出来。但是今天,在这条路的尽头,虽然我们心情舒畅,但可怜的罗西只是厌烦地甩动它的爪子,仿佛感觉一切糟糕透了。爸爸连膝盖都湿了,因为他俯身去观察一只呼啸而过的伟大的潜水甲虫。记得住在费马纳郡时,这样的甲虫有一次飞到了我们花园中的鸟池里。我们惊叹于这个自己携带空气泡的机会主义者,无论它走到哪里都有自己的氧气供应。这个捕猎者四处觅食,且无所不食。我们拐了个弯,从森林中出来,又来到斯列维马克山的面前,回到了出发的地方。我们尽可能地把脚擦干净,然后再下山去停车场。天气很热,现在太阳已经升到最高点了,而一天还剩下很长的时间。

从克罗克纳非拉回家的路上,我们在白水河的一座桥上停留,就在基尔基尔小镇的外围。河流在这里欢快地蜿蜒,水流湍急地穿过石头堰,最高处的岩石上覆盖着苔藓,正滴着晶莹的水花。水中鲑鱼摇头摆尾,跃过石头堰,继续游向前,直到进入上游的河塘中休息。山楂树和赤杨的枝叶垂挂在河面上,嫩绿的叶子几乎触到了水面。

我们已习惯选择在靠近河流或湖泊的地方安家。自从搬到邓恩郡,爸爸一直在拍摄南部蒙恩地区的河流——他曾经在费马纳郡做过同样的事,寻找这些河流的来源,探寻它们的故事,以及研究河流流经此处会如何交互影响和孕育这里的语言和文化。正当我凝视石头堰时,水面上出现一只小鸟,它随波上下浮动着——原来是只白喉北斗,它是湍流中的游泳健将,石壁上的攀岩者和美景的观赏者。它从一块石头跳到另一块石头上,然后消失了。这些瞬间都被爸爸的相机咔嚓咔嚓地捕捉到了。

九月十五日　星期六

第一批落叶在我的脚边旋转、升起、翻腾、跳跃，然后又落下。秋天到了，微风也带着些许凉意。我站在多纳德山的脚下，它是蒙恩山的母亲，高耸于其他的山峰之上，那些山峰像孩子似的在它脚下吵吵嚷嚷，不顾一切地想知道它是如何长得这么高的。汹涌的格伦河水声淹没了洛肯和布拉希奈德爬树的动静。我坐在河边看着白色的浪花翻滚，河水混着泥土的褐色。我感觉自己像一粒尘埃，落入苍茫的山林之中。盘根错节的橡树根伸展开来，变成一架梯子，顺着山势向上，延伸到看不见的顶端，好多人在沿着它攀爬。我栖身在一棵赤杨下，寻求树影下的微光，远离那片明亮又嘈杂的世界。这条山河奔涌而出的声音，与这一周都萦绕在我脑海中的喧闹声并没有什么不同。

这是怎样的一周啊。周一清晨，我满身大汗地醒来，心跳剧烈，胸口发紧，感觉快要窒息了。到了要去上学的时候，我浑身僵硬地迈出家门。在停车场说了再见后，我又跟爸爸讲了事先想好的话："谢谢送我。是的。会很棒的。我没事。"这样他就不用担心了。

当我和洛肯从车里走到学校门口时，心里的担忧攥紧了我，周遭十几岁孩子们的尖叫声和喋喋不休的说话声冲击着我的大脑，音量堪比体育场的效果。走着走着，我停了下来，驻足望过足球场，看到有二十来只蛎鹬安静又摇摇摆摆地寻觅着泥土里的蚯蚓。学校的一切，让我感到旧伤复发了。洛肯拽了拽我的外套，让我继续往前走，但我没有理会他，想继续看一会儿。我想看清它黑白相间的羽毛，它的喙像橙色的矛一样刺向地面。蛎鹬开始鸣唱、啼啭、啁啾——没有人注意到它们，这也意味着没有人扔石头，只剩下这些鸟停留在那里。没有任何人的鼓励和打扰，它们的喧闹声越来越大，然后开始展翅，掠过树木和房屋，飞向纽卡斯尔海滩。我抬头追随着它们的身影，直到那片蓝天，扭过头就看到最高的多纳德山，我的学校坐落在北爱尔兰最高的山——爱尔兰岛上最高的十二座山之一的山脚下，真是不可思议。我感到被它拥抱环绕着。多纳德山每天都和我在一起。一股暖流淹没了我的身体，消除了我种种的不安。

洛肯和我遇到了副校长凯伦，她带我们走进了体育馆。一些学生穿着帽衫和印有校徽的运动上衣，另一些和我们一样穿着西装外套。我们对一切都充满了期待，但不知道会发生什么，又会受到哪些条条框框的限制。

洛肯的"一帮一"伙伴在迎接他，我也被介绍给了我的：费利克斯。尽管我一开始感觉有点怪，不自在，但交谈起来以后，我发现我们之间有很多共同之处，比如对科学和数学的热爱。当这一天过去，新面孔变成旧颜时，我已经能感觉到一丝友谊的火花。学校还有来自加拿大和马恩岛的学生，这意味着洛肯和我不是唯一的新生。真是没有什么比在新环境中找到跟自己处境相似的人更费心思的事了。

在以前的学校，我们参加了棋牌桌游俱乐部，虽然我们不怎么交流（我们都有自闭症谱系障碍），但是在那样一个充满挑战的环境中，我们之间的友情像是救生索。我们中的很多人都不敢到外面的环境中去。一旦我们这样做，很快就会成为霸凌者的目标。就好像我们戴着闪亮的霓虹标志，上面大致写着"来吧，因为我与众不同而揍我一顿"。

这所学校也会一样吗？

有了费利克斯做参谋（他自带一幅人文地图），我顺利地度过了这周剩下的时间。我轻松愉快地从一个班到另一个班上课。课间和午餐的时候，我们在校园里散步，讨论问题。我从没有在学校说过这么多的话。这一周讲的话肯定比我迄今为止的整个校园生活中所说的还要多几千个词。我们讨论科学、《星球大战》、自然、数学、哲学和历史。我不知道这会不会是所谓正常生活该有的样子，但我不得不停止这种想法，因为正常绝对不是我想要的。这种感觉奇怪又陌生,但如此地令人解脱。

在奔腾的格伦河水声中,我听见有人在叫我的名字。我一直躲在赤杨树下,在大家的视线外,妈妈和洛肯焦虑的呼唤声提醒我,原来我已经待在这里很长时间了。我起身加入他们,走进一片阳光中,那里正进行着认真的爬树活动。我回头望向河水,只见一只灰鹡鸰弯身走向岩石,像河中仙子一般消失在灌木丛中。

九月十九日　星期三

今天早上，洛肯和我走到公交车站时，我们看到了昨晚狂风造成的破坏：树木被吹倒，树枝被无情地折断。一些绿色盆栽从景观树池或陶土花盆的牢笼中逃脱。有一棵生长在人行道上的橡树倒了，露出了它的根球，根茎紧紧地缠绕在一起，树坑里已经没有供它继续生长的空间了。不是风把橡树吹倒的，真的不是——被限制在沥青和混凝土下成长才是原因。我们上学路上经过它时，大家都绕行通过，只有我去靠近它，我不知道是否有人看到我轻触树皮。我说："对不起。"

撕开人类表面的伪装，不过是支离破碎的谎言，我们首先考虑的是自己，最后才是大自然。我跪在橡树干旁，抚摸树皮，不在乎过往人群的目光。我从它的枝头采下一些绿叶，它们依旧完美。我又从树枝上摘了一把橡子，把每一颗希望的种子都放进口袋。我带着这份沉重继续往前走，但我知道校服口袋里装着好东西。

下午放学后，我们种下了每一颗橡子。它们也许会破土发芽，也许不会。但有对半的概率就足够了，我们应该抓住这样的机会。在一天结束的时候，我把橡树叶夹进日记本，让它与羽毛、白屈菜、龙胆草和婆婆纳一起做个伴。

陌生的生活节奏在跳动，温柔而汹涌。在学校，我已经两周没有被霸凌了。两个星期啊。这是我所经历的最长的一段没有被奚落、嘲笑以及殴打的日子。这感觉很怪，甚至有些诡异。我本来做了最坏的打算，因为那是我所习惯的节奏。我在拉斯林岛或费马纳郡花园不堪的回忆可以列出一串长长的清单。在我的大脑中早已有了策略，计划着事情变糟的时候该怎么做。我甚至还写了开场白，如果情况变得不明朗，便把它交给妈妈。然而，每天清晨我和兔子、乌鸦一起散步或小憩，去上学，努力读书。校园里，我和费利克斯一边兴致勃勃地交谈，一边看着海鸥和蛎鹬互相争吵、起飞和落下。等回到家，精力还很充沛，因为我没把所有的力气都耗费在对抗焦虑上。我做作业，还写了越来越多的日记；我观察鸟，还玩电脑游戏。能过着和常人一样的生活，这种感觉太不寻常了。以往，每一阵风都是风暴。如今，风是温柔的，当它在我周围旋转时，我发现自己在笑。是的，我很开心，但有了这些，我也变得更加愤世嫉俗和坚强。

多年以来，我的周围砌起了一堵长满了美丽的常春藤的石墙，只有家人和野生动物才允许进入。现在一束光穿透这一切照了进来,但我对此保持谨慎的态度,不知道这会持续多久。当石墙和常春藤被笼罩在阴影中时,这种疑惑就会蔓延滋生。但我开始意识到光和阴影都是我需要的。它们是我的一部分,而我无法改变这一点。

九月二十一日　星期五

最近几周,我的社交媒体活动异常活跃。博物学家、电视节目主持人克里斯·帕卡姆正在伦敦组织一场"为野生动物而行走"的活动,邀请我去朗诵一首《人类世》。我把它称为诗,但我不那么确定。我觉得在人群前大声朗读出来是有益的。过去我只写过几首"诗",没有一首是值得纪念的,直到这一首诗出现了,很多人都喜欢它,包括克里斯。我把它"表演"并录下来,分享到了社交平台上:赤裸在大地上,我们没什么重量……我们这一代会看到正义崛起吗?人们欣赏我表达的内容,这对我来说总是一种惊喜。

这几周,我一直通过制作视频和发帖子来提高人们对伦敦行走活动的关注。宣传的效果和前景令人振奋:数百甚至数千人为野生动物游行。我不担心在公众面前演讲。事实上,我发现人多的场合会更容易一些,因为不用跟观众进行眼神交流,而我的视线更容易把他们模糊成一整团。面对小众讲话,对我则像一场酷刑:你能感觉到他们热切的目光、轻微的抽动和每一次轻叹。在人多的场合演讲就没那么可怕：我融入了所有空间之中。

　　明早，我和妈妈要搭乘早班航班去伦敦。我为坐飞机感到难过，妈妈也是，因为飞机的碳排放对环境污染很大。但我们不是"油老虎"，从来都不是。我们只有一次欧洲旅行，去意大利，那已经是六年前——我仍然记得露营拖车旁灌木丛中的搜寻，我跪在尘土飞扬的路上，与蜥蜴在一起。我用一根树枝做障碍物，观察蚂蚁们爬上爬下，感受着前所未有的酷热。虽然我不介意去其他地方，但我更喜欢待在熟悉的环境里。我的父母也很少坐飞机，所以我认为我家过去也没有产生很多的碳排放。理想状况下，我们应该坐船，然后开车到伦敦，或者坐火车，但那样超出了我们的经济承受能力。此外，我也不能长时间不去上学，否则会引起麻烦。而行走活动是非常重要的，我们应该为此做出一些让步。

　　现在我已经把这首诗背得滚瓜烂熟了。出发时，我的脚步很轻盈。我们期待一个让鸟儿欢歌、悠扬飞舞的环境，人们不再毒害和摧毁它们。我感到很兴奋。这次机会也许对我来说千载难逢。明天将是史诗般的一天。

九月二十二日　星期六

我和妈妈坐在伦敦酒店的房间里，晾干我们的衣服和背包里的东西。白天的激情和肾上腺素都在减退，我才感到被大雨淋湿后身上的寒冷刺骨。多么美好的一天啊。这需要一段时间来消化。我的身体和大脑都精疲力竭了。

我们一大早从机场直接到达海德公园。成千上万的人已经等候在现场了，天空中乌云密布，但还是有越来越多的人满怀对野生动物的同情和善意来到这里。我看到年轻的活动家们，他们中的许多人我只是在社交媒体上"见过"，所有的交谈和握手让我的大脑变得混沌。大脑短路了。

我站在瓢泼大雨中，和其他人一样浑身被浇透了，头发也湿漉漉的，焦虑开始蔓延。我站在人群前，大家安静下来，期待着我。但当我开始讲话时，我感到自己很强大。我的语气是坚定的，充满了激情——我希望能点燃其他人的希望。

我在结尾时即兴发挥了很多，已经记不清到底说了什么。所有那些经常让我感到无助的挫折感化作一股力量倾泻而出。以往我一直在和不愿倾听或漠不关心的人打交道,四处碰壁。现在我可以把这些都倾诉出来,传递下去。谁知道这次会不会产生什么影响呢?

后面的演讲都很精彩,很鼓舞人心,能在几代人中产生共鸣。之后,我们从海德公园步行到怀特霍尔①,我们用手机播放自然中的鸟鸣声,超过两万人忧伤又满怀希望地走在这条路上,为了野生动物,为了我们失去的自然,也为了我们必须做的事。到达怀特霍尔时,这里有更多的环保主义演讲和照片展示。人山人海,一眼望不到头。

在唐宁街10号外面,我们浑身都被暴雨浇透了,我们递交了由克里斯和许多人一起撰写的《人类保护野生动物宣言》,内容充满了对广阔未来的设想。这是我从小就开始的旅程的另一部分——环保一直是我们餐桌上、散步时和睡前讨论的话题。无时不在,它是我生命中的一部分。

后来我们又换了一个地方,我发现自己坐在白厅的某个熙熙攘攘的大空间里,和我一起的只有五位年轻的活动家,外加克里斯和首相的环境特别顾问。我们望眼欲穿地等待着进入指定的会议室。但在迅速安检后,我们还是被告知该会议室已被占用。因此,我们围坐在开放的公共中庭的桌子旁讨论。里面的各种纷扰与外面的喧闹声不相上下,让我的精

---

① 英国伦敦市中心的一条街,周边坐落着包括议会大厦、唐宁街、国防部、外交部和内阁办公室在内的诸多重要地点和部门。

神游走在别处。我必须全神贯注。这是我发声的机会,是让政府官员倾听的机会。所以我必须心神合一、消除焦虑、集中精力,直到把该说的话都讲述出来。我必须这么做,我下定决心,否则湿漉漉地坐在这里就毫无意义了。

环境顾问看起来很和善,然而随着话题的深入,谈话变得非常官方。虽然我们都喜欢鸟类和大自然,但我们考虑问题的立场不同。这并没有动摇我,我抓住了机会,滔滔不绝地讲生态教育的缺乏、政府职责的迫切,以及社会需要全面转变,需要激进、勇敢和大胆的变革。这些不仅仅是我的话,它代表我们许多人的心声,无论年轻的还是年老的。我们这些在乎的人,每时每刻都关心着这些问题。谈话让人心痛又筋疲力尽,但继续推进,去做那些跟随内心的事情是至关重要的。

当写下这篇日记的时候,有一股暖流温暖了我。我们参与了一件大事。这一整天发生的事有点像在地铁上移动,快到要跟不上它的步伐了。但我知道我可以帮上忙,我们都可以。参与是很重要的,我现在意识到了这点。不管我们的想法和请求是否会被别人抛到九霄云外,我们仍然要不断地去争取。

我从帆布背包中翻找哈格斯通石头[①],摸到它还在那里,

[①] 石头上有自然形成的洞,人们认为它能让人们窥视神秘或幻想的世界。

真是如释重负——作家罗伯特·麦克法伦把它和约翰·斯坦贝克的一本书一起送给我,它们都被大雨淋湿了。这是一份代际相传的礼物,由一位成名作家送给一位新手。石头在手中反复掂量,我的皮肤触碰到它受自然侵蚀打磨后的光滑——当我以某种方式握着它时,我能看穿它,这是时间凿开的隧道。

在酒店里妈妈看着我拿着的石头,告诉我它们又被称作"奥丁石",它们能消灾避难。她说如果我透过上面的小洞往外看,可能会看到一两个仙女。我笑着把石头放在床头柜上,让它陪伴我写作。

九月二十六日　星期三

虽然我在新学校社交方面的表现还不错,但各学校的教育大纲和教学环境似乎是一样的。有时候,坐在教室里,我感到昏昏欲睡。我几乎要睡着了。教室密不透气,弥漫着年轻人特有的体味。感觉就像《哈利·波特》里特里劳妮教授那间闷热拥挤的办公室,要把我的生命耗尽了。我想忽略这些,集中精力听课。但我的身体反抗着大脑指令,眼皮越来越重,身体在椅子里向下滑。单调乏味。老师的讲课声有时像从水下传出的窃窃私语,令我被无聊淹没了。我神游在课堂之外,直到回过神,感到一片迷茫。这节课老师到底讲了什么?谢天谢地,还有教科书和讲义帮忙。

我理想中的教室没有明亮的颜色,但有很多自然光。它会有一排对称的窗户,离地一百八十厘米高,可以望向天空,看到鸟儿。教室被布置得很舒适,桌子摆成马蹄形,而不是圆形。我会坐在中间,也就是"U"形曲线的底部,这样我就可以看到每个人,但不必直视他们。没有人坐在我身后，我需要知道周围发生了什么。墙上应该贴着很多鼓舞人心的名言或很酷的事实。历史教室实际上非常接近这种完美的想象，我在这门课上的表现很出色。我活跃起来。我互动。我兴奋得咝咝冒泡。历史老师是我最喜欢的老师之一，这也很有帮助。

科学实验室应该是满足好奇心和令人兴奋的天堂。想象一下，你从小就想成为一名科学家，然后你在中学里发现，你就将在这儿的实验室里学习科学。甚至科学实验室这个名字听起来就让人满怀期待。你想象着房间里有整堵墙的化学用品和标本瓶，被整齐地贴着标签，陈列着。有趣的设备也都在眼前，可以随时拿来使用。科学实验室应该是一个充满可能性、创造性和奇迹的房间。实际却并非如此，科学实验室让我失望。所有化学用品都被分开锁在柜中，所有设备都杂乱无章地堆放着，不过除了我们的物理实验室，那里的长凳上散落着各种各样有趣的东西。那是我可以接受的杂乱，乱中有序。

九月二十八日　星期五

今天下午我们在翻看老照片——有无数张是我戴眼镜前拿着鼻涕虫的照片,都是斗鸡眼,因为这些都是失败的眼睛手术前拍的。手术是为了矫正严重的斜视,它只对一只眼睛起了效果,我想这总比两只都糟糕好。眼镜让另一只眼睛的斜视变得不明显,至少我认为是这样的,因为从此没有人再专门取笑我斜视——毕竟我有太多的"缺点"可攻击了。

我在学校已经有整整一个月没有被霸凌。这个现实在被我慢慢接受。一直记录这些听起来似乎很荒谬,但孤寂害怕的情绪会积沙成塔,而我现在不再随时背负这种恐惧,这对我影响巨大。

绿色仍是森林的主旋律,但已开始褪色。山毛榉的叶子一天比一天显得金黄,停在枝头变脆。随着周围世界的萧瑟,海鸥、秃鼻鸦和寒鸦的声音越来越大。这周我忙于校外的活动,把《人类保护野生动物宣言》发给了本区议员,并与他组织了一次会议,探讨我们如何在本地开展一些事情。

几天前的晚上，我们去贝尔法斯特的阿尔斯特博物馆，参加了梁龙巡回展——恐龙是我最初的爱好之一。

展览中还展出了大量的自然历史展品，有的能追溯到中生代。有点古怪的是其中一个展柜里有我的照片。看上去我是个"专业探险家"。我已经完全忘记了几个月前为博物馆写的那些话，现在它们与两位真正专家的作品并列展出：多产的博物学家罗伊·安德森和野花授粉方面的专家唐娜·雷尼，她是我崇拜的偶像（我们都相识于社交媒体）。

我喜欢世界能够像这样碰撞在一起：社交媒体上有很多不好的东西，它是焦虑、压力和仇恨的来源。但它也可以将人们聚集起来，把我们珍视的东西汇聚在一起。对我来说，这是一件幸事。因为我无法在"现实"世界中从容地进行对话，但各种社交媒体就可以让我做回自己，我可以头脑清晰地在上面交流。为此我很感激。就是在这种机缘巧合下，拿着捕蝶网的罗伊、带着放大镜的唐娜和举着双筒望远镜的达拉齐聚在博物馆。

九月三十日　星期日

强烈寒冷的阳光穿过银色的云层。今天去海滩放风,我已经有几天没有好好舒展腿脚了,活动一下的舒适感让身体变得轻盈。日子一天天过去,越来越多的快乐悄然而至——我们可以感受到的最大快乐有没有峰值?在过去,像这样欢喜的日子要么很快被蒙上阴影,要么持续不了多久。

卸下过往的负担,我呼吸着咸咸的空气。普通燕鸥还在这里,为前往南半球——非洲、亚洲和南美洲的旅程做好了准备,这是一场超越三万公里的往返旅程,是真正的史诗。我看它们盘旋、俯冲,咯咯叫着。它们银白色的羽毛闪闪发光,红色的喙刺破了水面。一只燕鸥抓到了一条我用蹩脚望远镜无法辨识的小鱼,然后飞出了我的雷达,其他四只燕鸥重复着同样的动作。

我仰卧在沙丘的底部,感受着阳光、海风和脸上的凉意。忽然觉察到周围发生了变化。我坐起来,转过身。不到十英尺远的地方,一只红隼嗖地从沙丘顶上蹿了出来。我将它锁定在视线内,至少有一分钟那么长,它一直在盘旋。我向它投去了一波赞赏的目光,它徘徊着以示回应,然后优雅地滑翔到滨草的后面。我蜷起身体,脚步轻轻地向上一跃,但它却不见了。我跌回到沙滩上,喘不过气来,激动得飘飘然。美好的一天。非常美好的一天。

十月六日　星期六

"我很高兴生活在一个有十月的世界里。"每年,妈妈都会提到《绿山墙的安妮》中的这句话。对此,我不能更同意了。外面,世界是千姿百态的金色,闪闪发光。书中的安妮想用枫叶装饰她的卧室,但玛丽拉·卡斯伯特(收养安妮的人)称它们为"乱七八糟的东西"。事实就是这样:这种对待自然的态度并不新鲜。我想知道这种观念是何时开始,又是如何形成的。是从我们把自然带进家中的时候吗?我认为把大自然带入我们的世界中,而我们走入大自然中才是佳境。我们为什么不能把落叶裹在自己身上,再撒满床铺呢?这样当我们睡觉和做梦的时候,就可以被紧紧包围。

每年秋天,一簇簇树枝被插在各种各样的花瓶内,装点我们的家。尽管气温下降,后花园的常春藤却仍然繁茂,成群的蜜蜂在上面觅食。大多数放学后的日子,在开始做作业之前,我都裹着毯子坐在吊床上,观察常春藤这个小生物圈。很多人认为,常春藤生长在树的周围会以某种方式妨碍它们，抑制它们的生长。我时常看到树木被剥去缠绕的绿叶花环，然而这些花环是鸟类和昆虫很好的食物来源和保温场所，尤其是每年的这个时候。

我注意到，在常春藤上出现了几处稀松的孔洞，这些是定居（期望如此）在这里的鸟邻居进进出出而形成的。到目前为止，我在此处认出了至少五个种类的食蚜蝇，其中数量最多的是管蚜蝇属的细扁食蚜蝇和太阳蝇。食蚜蝇的样子很吸引人，虽然是出了名的难辨别。除了少数几种，我总是需要帮助才能区分它们。

经过这些日子，此刻我感觉像自在地飘浮在辉煌的薄雾中。每天我醒来都充满活力，兴奋不已。这些变化是因为我有了一位最令人敬畏和最神奇的数学老师，这是我第一次感受到真正的挑战。我的工作量也越来越大了，因为我下个月有"双奖科学"物理考试。

十月十二日　星期五

六岁左右的小男孩在森林里玩耍，享受着落叶在他脚下吱嘎作响的感觉。一阵微风轻轻吹来，他在树叶下寻宝时，发现了一颗马栗。

男孩把它从尖刺的外壳中推出来，再举起来，栗子在闪闪发光。这是一个小小的、泛着红色光芒的球体。男孩妈妈的视线从手机上抬起，注意到了这些。现在她掌控住了一切，夺走了马栗。"脏！"她大声说道，然后用力把它扔远了。

男孩垂头丧气，脸上的光彩不见了。

我看在眼里，愤怒在内心涌动。我想到所有这些错误的行为，这些点滴的罪行在每个季节的任何地方都发生着。成年人不假思索的行为举止。他们愤怒地向世界传递的信息。这一切产生的影响会随时间推移而跳转，被演变、扩大和变形。为什么要这样对待一颗马栗，它能有什么错？

深呼吸一下，我从长凳上站了起来，原本我坐在那里看着树上的画眉鸟。走进那堆树叶中，我开始寻找，没多久就找到了一颗，它圆圆的、鼓鼓的，相当完美。妈妈的注意力回到了她的手机上，被乳白色的屏幕吸引住了。当我在阳光下举起栗子时，小男孩走了过来，他的眼睛大胆地闪着光，我把栗子递给他。

"放到你的口袋里吧，"我说，"它叫马栗，是马栗树的种子。"

在妈妈叫他离开的紧要关头，男孩把马栗放进了外套口袋。我希望它能留在他身边，如果不能在口袋里，那就深藏在他的记忆中。坦白说，我真的无法理解这种对自然的恐惧和隔阂是如何形成的。如此美丽的世界却被漠视了，我们实际上都是其中的一部分。我回想起我与当地政客们的会面，他们的那些空洞的言辞和赞美。我不再想听空话，我想要行动。

社交媒体上有个女孩叫格蕾塔·通贝里（我们已经互相关注了一段时间），她罢课坐在瑞典议会的前面，要求就气候问题采取行动。她比我大一点，得到了媒体的大量关注和报道。这是惊人的、充满活力的、令人兴奋的事情。虽然这感觉很棒，但也让我感到担忧。我一直认为，教育是改变我们和地球共同未来的唯一希望。我的父母没有人脉，既不富裕，也不懂行，除了我在做的事情外，我觉得自己与其他可以做出改变的方式是如此脱节。也许我做得还不够。也许还有别的方法，一种截然不同的出路。

十月十三日　星期六

天空暗了下来，闪烁着微光，黑色阴影快速向树梢上的房屋飞去。一群寒鸦和秃鼻乌鸦嘎嘎地叫着，它们聚集起来，或盘旋，或凌空飞起，或憩息枝头。嬉闹间，它们此刻还在树枝上叽叽喳喳，下一刻就冲向天空。我看见一片新的黑云飘来，树木在翅膀的扑棱下摇动。它们大部分是寒鸦，边上有一些椋鸟。那些声音无忧无虑，响彻云霄。这么多数量，这么多生命。但这就是大自然生生不息的模样吗？当自然界的生态平衡还没有遭到大规模破坏时，我想象着每天都能看到麻䴉、长脚秧鸡和成群的脱壳而出、羽翼未丰的麻鸦。想想曾经生活在爱尔兰土地上的鹤吧——中世纪时，它们是爱尔兰岛上很受欢迎的宠物，直到十六世纪才灭绝。之后，麻鸦也消失了。在十九世纪中期，随着湿地被改造成农业用地，麻䴉和长脚秧鸡也步了它们的后尘。我还有机会体验到大自然真正的繁荣吗？难道我们的祖先与自然有更强的生命联结，这个假设是错误的吗？他们肯定更依赖于土地，那时候也没有繁忙的商业活动。但如果我们与自然的联结在过去如此紧密，那么到底是哪里出了问题才造成大量动物灭绝？是因为商业的出现，或者是大量公司涌现？是那些公司的既得利益和隐藏的议程改变了一切？我觉得有必要大胆猜测，但不确定朝哪方面进行。这个世界很多时候都很混乱。各种噪声、影像、指令，或者是要求和命令。所有的这些喧嚣此起彼伏，想比它们更大声似乎是不可能的。我们都应该满足于改变世界的一个小角落吗？向一个孩子展示马栗并不会改变经济、化石燃料工业或其他对地球资源的滥用，但这平复了在我心头翻腾的情绪。

十月二十日　星期六

树叶飘零。天气越来越凉了,外面的光线整日呈现出琥珀色。爸爸妈妈一直在寻找新的地方让我们去探索,今天我们去了邓德拉姆城堡旁的森林。七百年后的今天,这座城堡的遗迹仍然令人印象深刻。它是十三世纪约翰·德·库西入侵阿尔斯特并推翻我们家族后建立的堡垒和瞭望塔。下午邓德拉姆湾的景色非常壮观,它的两岸被树木环绕,有山毛榉、悬铃木、梣树、几棵橡树和欧洲山榆。

我们走下一节布满秋色的陡峭台阶。除了今早的阵雨,最近雨水不多——树叶在脚下噼啪作响,提醒着周围的生灵:有人要来啦。气味让人陶醉。破碎着,腐败着。山毛榉和橡树上仍有一些绿色与树木风雨同舟。红色缬草和聚合草上凝结着清晨的露珠。记得有一次我用聚合草沤制一种肥料:我把它的叶子塞进花园里的一个旧罐子里,而布拉希奈德用嫩荨麻叶和她能找到的其他材料自制了药剂。它们一起被藏到了一棵柏树下足足有两年。当妈妈重新挖出我们的酿造，真是臭气熏天啊。家里后门旁边的墙上排列着布拉希奈德的罐子，里面装满了她的药剂，有些上面还漂浮着白色的泡沫。妈妈和爸爸都随她去，因为他们知道有更深层的力量在引导她。他们不是教育专家，但他们也曾是孩子，我们都明白被父母、老师或其他孩子压制是什么感觉。

一阵疾风吹落了山毛榉树的叶子。树叶纷纷在我们的脚边落下和聚集，仿佛想让我们留意到这最后一丝的美丽与失落。我们张开双手接住了一些，这样就可以期待有足够的记忆来温暖我们，度过冬天。我们在树丛中坐了一会儿，在斑驳的阳光下沉默不语。一只欧亚鸶突然发出哀鸣，大家都跳了起来，我们左张右望看它要去向哪里。它消失在树后，我不再像往常那样四处寻找，而是闭上眼睛倾听，从天空到树梢的声音，再从耳朵到心灵的回应，感受着手中的凉意。

我睁开眼睛时，其他人正爬上河岸，到灌木丛中探索。我没有跟上去，大脑在漫无目的地游弋，目光所及处一棵老山毛榉树桩上长着一些多孔菌，层层向外结出。我走过去仔细观察，它的花纹呈波浪状的线条，非常对称，颜色从棕色到红色再到绿色，一直延伸到树墩处。腐败的使者多孔菌在滋养着森林。望向另一边，我发现一只瓢虫，在橙色地衣的映衬下闪闪发光，就像太阳从树枝上冉冉升起。我不忍打扰它的宁静，在不远处惊叹此刻色彩的浓烈对比，红色的小不点在鲜艳的橙黄色的褶皱地衣中间安静地睡着了。我抬起头，眯着眼睛，看到树上一个形状类似欧亚鸳巢穴的东西——也许这里长出地衣是因为有鸟粪溅落。

鸟儿停止了鸣叫，森林又沉寂下来，只剩下孤独的知更鸟在歌唱。爸爸找到了一些草菇，晚餐有美味啦。我拍下几张多孔菌的照片后，大家开始往回走。我们来到城堡的场地上，玩起扮演骑士、国王和王后的游戏，因为我还是个孩子，需要战斗来消耗旺盛的精力。最大一场是为保护自然世界而战。现在，我发出呐喊与洛肯开战。

十月二十七日　星期六

每逢周末，蒙恩山大部分的地方似乎都很拥挤，但今天只有几个人在爬山。天气异常温暖，天空如水晶般透亮，只有一卷漏斗云从奥特山的山顶向下面的山谷奔泻。我感觉被环抱在紧密相连的群山之中。走上去很容易，但我们需要一股冲力来登顶。现在回到家中记录下一天的经历，仍然感觉到山间的声光波粒穿透我的身体，感染着我。我的手触碰苔藓时留下了些许印记，仿佛我还在大山中。

在从奥特河流出的希姆纳河上，我们发现一只水獭在涉水而过。空气是如此清新、静谧，我不由自主地躺下来，闭上眼睛，感受阳光的温暖。三只乌鸦在盘旋，三只美丽的身影。每当我写到山，都如同再次身临其境，感受着大自然的生机与壮丽。有一种力量在我体内成长，坚定而确信。我睁开眼睛，从望远镜里看到一只鸟，它正盘旋着慢慢地向梅尔贝格山渐行渐远——它无疑是一只游隼，收起翅膀俯冲下去，消失得无影无踪。记忆的相机在咔嚓作响，所有像这样的时刻都被记录下来,分类保存。完美的图像。我不喜欢用相机那么精确无误地记录下每一次,只要铭记这一刻的感受就好。

十月三十一日　星期三

期中假期到了，我熬过了前半学期。事实上，我茁壮成长了。为此应该外出庆祝一番，我们全家出动，穿过马路进入森林。我们选择走斯列维纳撒特步道，这是森林公园里海拔最高的一条路（二百七十米）。这条线路引人入胜，也会有一点吃力，正是我们需要的。

对我们而言，今天被当成萨温节，而不是万圣节前夜。这天，我们庆祝凯尔特的新年——洛肯的生日庆祝会在"另一个"新年的前夕。午后的阳光没有那么熠熠生辉，却也不显得灰暗。罗西待在室内，因为稍后有烟花燃放。它安全地待在家里时，对它们没有太多的反应，但它在外面会变得异常紧张，下颚开始抽搐，身体也无法动弹。所以我们外出时，会帮它拉好窗帘，让它安稳地窝在紫色的床垫里。

往年，我们会露营庆祝萨温节，然而总是遇到风雨交加、星空都隐去的天气。曾经我们还和邻居们一起举办过疯狂的聚会，尤其是我们搬到费马纳郡前一年的那次，场面失控，最后以我受伤去了急诊室而结束（我的牙龈上还留有一道疤）。我一直不明白如何和其他孩子玩游戏。游戏规则对我来说是个谜。他们当然也搞不懂我的规则，它们通常是错综复杂的。我对游戏要么理解不足，要么反应过度；要么茫然地站着，要么行为异常激烈，唯独没有恰如其分的时候。

斯列维纳撒特步道的起点是一片阔叶和针叶树的混合林，但很快就只见单一的云杉，由于光线照射不足，树木的下端很少长出枝叶。不过，有一棵山毛榉生长得很旺盛，它的树干抵得上三个人的环抱。（我不知道环抱山毛榉的测量方式是否跟橡树的标准一样。它可能有一百五十岁，也可能更年轻，因为山毛榉长得更快。）苔藓正在从山毛榉树干的底部长出，有些地方树皮已经剥落了。在前方的小路上，我看见一种奇怪的橡树叶，比原生无梗橡树的叶子更窄，也更具锯齿状。这是苦栎的叶子，它是一种十八世纪引入爱尔兰花园和公园的观赏树。

松鸦在我们周围喋喋不休。每年秋天，人们会像种植成千上万棵无梗橡树那样来种植土耳其橡树吗？毕竟土耳其橡树苗随处可见。它们的橡子比无梗橡树富含更多的单宁酸，这意味着昆虫和食草动物不喜欢食用它们，也就解释了为什么土耳其橡树苗多于无梗橡树。这里周围有很多鹿，通常它们会啃食树苗，这对于木材的自然再生可能是一个真正的问题。不知道鹿是否喜欢吃土耳其橡树苗。

前方鹅卵石小路上覆盖着坚韧的山毛榉树叶，它们能否发出嘎吱声取决于水从云杉河岸流出的位置。忽然间，落叶层变成了甘甜的板栗层。我触摸着山毛榉沟壑纵横的树皮，手指在凹槽处停留。我们在水塘边驻足，水面波澜不惊，直到水下的鱼激起了轻微的涟漪。水是土褐色的，周围环绕着间距很大的针叶林和一些黄花柳，那些在低洼处伸展出的枝条几乎垂到了水面。忽然，松塔如雨点般落下。我们停下来往上看，发现一棵云杉的树枝上有一团赤褐色的东西在捣乱，于是伸长脖子努力张望，直到凉意渐入，也没有等到一丝动静，红松鼠似乎消失在稀薄的空气中。

我们满足又愉悦地继续前行。鹅卵石路消失了，我们跨过盘结的树根和岩石，走到了土石路上。这里也是荒野，有柳树和金雀花，而野生蓝莓露出了伞状的梗茎（夏末是采集它们的最佳时节）。我们爬到更高的地方，光线变得夺目，蒙恩山和邓德拉姆湾壮丽的景色被我们尽收眼底。远处广袤肥沃的土地一眼望不到边，这片明亮的绿色与崎岖的山脉、森林和成片荷兰橙或雌黄色的桦树林形成鲜明的对比。（我一直在读帕特里克·西米写的《维尔纳色彩命名法》，这两种橙色被分别用来描写冬青卫矛的种荚和疣欧螈的肚皮，这些描述让我雀跃不已！）

我们坐在斯列维纳撒特山顶，一家人独自沐浴着夕阳。旁边的榛树向我们展示了它的真实面貌——我认为这是深秋里最吸引我的部分。树木在深秋展露原貌，纵横的枝条伸展出特有的造型，同时也暴露了它的脆弱。这就是它们真正的样子，褪去枝繁叶茂，只剩下不着寸缕的枝干。

椋鸟在远处聚集，吸引着我们绕到山的另一边，我们边走边欣赏周围的一切。在小路的尽头，我发现了一些被咬碎的松果，那是红松鼠留下的。忽然间，针叶林消失了，出现了一片令人惊奇的桦树林，而地面上落满了厚厚一层剥落的树皮，像红褐色的地毯铺在脚下。我们抚摸着光滑的巧克力色树皮，在周围探索了一会儿，时不时踢起脚下成堆的落叶。

像往常一样，我们在外面逗留了很久，因此我们必须冲到附近的饭店来一顿迟来的晚餐。回到家后，在客厅里放松，周围摇曳着为那些离开这个世界的人点燃的烛光。凯尔特人的新年意味着曙光开始照进黑暗，它被炉火照亮，感官在温暖中苏醒，但愿在荒芜的冬季里有思考的空间。爸爸弹吉他。我们唱歌，讲故事，用自己的方式庆祝新年。晚些时候，布拉希奈德出去玩"不给糖就捣蛋"的游戏，门外发光的南瓜欢迎着其他孩子来我家敲门。

十一月十三日　星期二

清晨从河边的一家旅馆开始，鸬鹚坐在被烧焦的树上，苍鹭跟在白骨顶和黑水鸡身后闲庭信步，一只掠夺性红嘴鸥的到来打破了这片宁静。后面发生的事并不那么清晰可记，可以直接快进到邱园[①]。在它美丽的温室里，我感到兴奋的同时又有点恼火，因为我想探索这里的植物收藏并观察鸟类（除了环颈鹦鹉）。然而，我不得不履行作为"大使"的职责。我需要跟别人握手、点头、微笑，还要保持礼貌。最后，我获得了一个由首相签名的奖章，令人惊讶的是我实际上很享受它，因为我感觉自己更强大了，并且开始思考我的行动是如何变得更有意义的。我微笑着摆姿势，配合咔嚓咔嚓声拍照。待会儿我还有个演讲。我的身体因为用力而变得僵硬。我突然发现人类真的很难理解。我能听得到他们的声音，也知道他们在说什么，但我的大量精力都花在了解这些

[①] 即伦敦的英国皇家植物园。

言语的意义上。我开始怀疑这可能是霸凌后的创伤，这就是为什么我总觉得与周围格格不入呢！

今天像往常一样，这些怀疑是毫无根据的，一切都顺利地过去了，变成了某种光荣的、充满幸福的东西。当然，这种活动让我筋疲力尽，一直如此。现在我终于坐上了回家的飞机，我能感觉到即将到来的欢迎仪式，我别无选择，只能屈从，用呆滞的眼神和疲惫的心接受它。但在我崩溃之前，我得把它们都写下来。

回到事情的开头……我和妈妈昨晚到达伦敦。我和许多年轻人被邀请成为此次活动的大使。这个活动旨在支持年轻人，点燃他们的激情，并鼓励他们参与社会活动，特别是在他们所在的社区。这些想法听起来很好，所以我和妈妈同意参加邱园的"绿色行动年"活动。

今年我收到了无数类似的电子邮件，要求我参加宣讲活动和专题演讲，写各种文章，或者写我参与另一个活动的相关经历。这逐渐变成妈妈的全职工作。她不得不为我处理这一切——我知道她对我隐瞒了一些情况，因为她知道我会难过。我也许只是个孩子，但我不容易上当。我确实想支持一些了不起的活动和人，但有时我觉得人们在利用我，或者在利用别人对我的看法。借助达拉来应付最后的局面。我不是一枚棋子。我更愿意把自己想象成一只乌鸦——一个局外人，站在边缘往里看。

我需要时间独处，远离人群，这种需求阻碍了我的发展，但也可能拯救了我。我本质上是个年轻的朋克，所以过于依附任何组织的想法都违背我的本性。后来，为了保护野生动物而大声呐喊的冲动在我内心不断增长，开始改变我认为自己太年轻或太微不足道的想法。我觉得现在是时候了。然而，如果只是全神贯注和充满激情地说我想"拯救自然"，那么这样还是太模糊了，我仍然需要弄清楚：我，达拉·麦卡努蒂，能做些什么，才能有效地改变现状。

这次在邱园的活动听起来有些不同，他们承诺侧重于帮助年轻人，而不是相反。我们到达酒店，准备和其他大使一起吃披萨，这时我变得害怕又紧张，想逃离，这使我更加恐慌。当这种情况发生时，我会反应过度。我口若悬河，不假思索地讲话，胸部发紧，甚至有些心悸，说话的节奏和我的心跳一样快。在外人看来，我可能表现得有点过于急切或在雄辩，因为各种事实、故事和轶事不断从我嘴边蹦出。汗水也一样，从头上滴到我的鞋子里，我大汗淋漓地崩溃在一片混乱中。

我的言语不合时宜，又不知不觉地吃了太多食物。理性的思考跟不上出格的节奏，我无法从失控的现场脱身。妈妈看到我放在桌子上紧握的拳头，还有不停移动的双脚；她知道当我的下巴开始颤抖、呼吸急促时意味着什么。她知道如何介入这场无声的战争——有时，只需要一个眼神或紧握一下我的手。桌上的其他人对此毫不知情，他们在聊天和享受披萨，我失控的情绪突然间平复了。

逃回到酒店房间是一种巨大的解脱。头疼，心里也难受，我把自己锁在浴室里，头放在两腿之间，想释放压力。我采用了下蹲祈祷式，这个姿势既舒服又有助于呼吸。此方法是我在学校操场被人到处推搡后偶然发现的。起因是我不愿意"玩球"，于是他们把暴力升级，直接对我进行人身攻击，嗓门因我转身离开忽略他们而变得越来越大。我知道他们不会跟着我，因为我看到老师正走出活动教室。安全离开后，我找到了一个空的储物柜，蹲在这个别人找不到的地方开始深呼吸，羞辱的画面和语言似乎一点点消失，我的身体放松下来，疼痛也减退了一点。这不是一种治愈；过去不是，现在也不是。但这让我有时间重振旗鼓，回到战场上继续战斗。

蹲在酒店的浴室里，就在我开始感觉好一些时，一些词句开始在我的脑海里形成：*发光的道路，在召唤……我漫步其中，阳光在周围穿梭……成长和远离……突然，一只乌鸫唱起忧伤的歌*。我计划在邱园做一个关于年轻人、关于自然的演讲，虽然我已经写了一些东西，但这些新词的出现有它们的道理。道路。祖先。疼痛。我在其中。治愈。我感觉好多了。说出这些话让我的大脑平静下来。我不确定是否有人想听这些话，但这是我想说的，它们必须被表达出来。

十一月十七日　星期三

我们在都柏林"死亡动物园"①外会面。博物馆里面陈列着一排排的动物尸体和灭绝动物的标本，以及狩猎者的战利品。这些被收藏、聚集、囤放的展品，全都目光呆滞，毫无生气。自然历史博物馆通常让我着迷，但在这里我感到恶心、痛苦。现场人山人海，到处都是标语牌、横幅，还响着鼓点。人们欢呼、呐喊，一浪盖过一浪。许多人在我之前发言：政客、律师、学者，还有一位名叫弗洛茜的年轻活动家（她真的很酷）。人潮涌动、集聚一堂，这就是"反抗灭绝"运动②的活动现场。我可能喜欢朋克音乐，讨厌循规蹈矩和被束缚，但我从不认为自己是一个反抗者。但或许我是，我站在一个木制的箱子上，组织者卡罗琳拿着话筒，所以我可以念演讲稿。我拥有了畅所欲言的底气，感觉这是我第一次

---

① 即爱尔兰自然历史博物馆。

② 全球性的环保运动。

大声说出所有令我生气的事情。当我望向人群时，感到充满了能量，我提高嗓门，大声宣言，充满愤怒。

这些是我们正在面临的威胁，这些是南半球最脆弱的国家已经深陷的危机。然而那些当权者没有采取任何行动，那些大公司继续追逐着可恶的利润。我们被物质主义支配着。当这些环境的破坏者们还是像我一样大的孩子时，人们曾经对成群的麻鹬和凤头麦鸡司空见惯。但不像我，他们看待世界的方式与我不同。世界已然耗尽。他们自己可能没有觉察到。然而，现在他们拒绝承认这个事实。如果不选择视而不见，他们怎么继续赚钱？田野一片寂静和空旷。虽然我喜爱鸦科鸟类，但我更愿意看到自然世界的多样性，渴望一个健康平衡的生态系统。在那样一个系统中，不会只有我心爱的白天鹅数量众多。我试着想象那样一个世界中的动静，那儿会有吵闹声、音乐声，还有管弦乐的旋律。可如今我什么都听不到，因为它们不在那里。我感到心痛。世界仍在飞速发展。我这一代将经历更糟糕的情况：海平面上升，海洋中的塑料增多，因为浮游植物无法在酸性变暖的海水中生存而导致的海水缺氧。野生动物以人类历史上从未见过的速度在灭绝。土壤是所有生活在陆地上的生命的发源地，而残留在其中的毒性杀虫剂让昆虫都无法生存。

我感觉大脑失控了。当我去都柏林时，这种愤怒在我的内心沸腾；当我在爱尔兰第一次"反抗灭绝"集会上演讲时，它仍在沸腾。我依旧紧张，因为现场可能被激怒，或者警察会来，就像他们在伦敦抗议期间所做的那样。演讲结束时，我离开麦克风大口呼吸。一切都是那么沉重。站在街头大声抗议是一种美妙的感觉。会有什么后果呢？我的头喊得有些疼。我觉得自己就是个孩子，笨拙又无力。然而，我不应该有这种感觉。压在我胸口的重担被甩掉了。心中的愤怒一次又一次地沸腾，这从不是一件好事。但这次或许不同。

十一月二十日　星期六

我一整天都挣扎着集中精力。原本学校里的一切进行得很顺利。我已经开始享受这种生活了，那我为什么要探头出墙呢？真是很傻！然而，我还是抑制不住这种冲动。一位历史老师听说了我为大自然做的"工作"，便给了我一些在学校如何开展活动的启发，但一切都悬而未决，还都是未成型的想法。这些想法一直盘旋在脑海中，所以我说服自己再试试。

以前我在其他很多学校尝试过很多次，也失败过很多次。没人真正想参与，除了那位奇特的好心老师，他的兴趣最终也消退了，"这真不是我该干的"。经历了这样的起落后，那天在等车提早接我回家时，一些孩子开始嘲笑和奚落我。他们推搡拉扯我，把我的脸摁到沙砾中，我的嘴里发出地狱般的嘶吼。事后我快速将身上清理干净，跟妈妈简单解释道：我离奇地踩空了一节台阶，不小心撞到了东西，把嘴唇咬破了。但是现在我决定再试一次。我得开始把愤怒转化为某种力量。

放学后，我和洛肯来到指定的教室。我不记得起先发生了什么，但我意识到自己站在那里开始说话，可以听到自己的声音在耳边嗡嗡作响。我和不同年龄的孩子们站在一起，有低年级的、高年级的，总共十五个人（如果算上我和洛肯就有十七人）。他们在听我讲为什么大自然对我如此重要，我如何存储那些哪怕是最微小的发现，以便日后可以在需要时从大脑中找出这些信息，帮助我在日常生活中与大自然相处。正因为如此，我要为野生动物挺身而出，大声宣扬我看到的和学到的奇妙事物。其实只要我们停下来观察就能看到所有魔法。然后我停下来，看着他们，深呼一口气说我们应该到外面去，就像我们放学后在昏暗的灯光下做的那样。

他们跟着我出了停车场，穿过潮湿的体育场，离开学校进入树林和斯列维多纳尔山的区域。在这里，我指给他们看树皮上的苔藓，并解释它如何成为清洁空气的生物学指标。我问他们是否会因为森林就在我们家门口而感到幸运。山保卫着我们。海守护着我们。野生动物的栖息地对我们很重要。当我发现一些真菌时，我想告诉他们它对所有生物来说多么神奇，但此时我耳旁的嗡嗡声已经开始，而且越来越大。

我心跳加速。在我极其努力地去处理他们提出的问题时，我真的感觉大脑要断片了。我该如何解读他们怎么看待我？他们是否尊重并享受我给出的答案？晚风的气息和树木的沙沙声变得像雷鸣。和他们在一起并保持专注，需要付出巨大的努力。但一切都是值得的，十五个孩子没有一个对此嗤之以鼻，也没有诘问。他们看着我，倾听着。之后，他们问了更多的问题。在我们结束今天的学习各自回家之前，我们制订了计划，讨论了下次见面的时间，并为自己起名为"生态小组"，而且明确了目标。大家都离开后，我在寒冷的夜晚看到自己呼出的气，感觉有一道微光环绕着我。银鸥和寒鸦都栖息在树上了，秃鼻乌鸦也在上面，蛎鹬在黑暗中吹奏它们最后的音符。

十一月二十四日　星期三

每次我们把布拉希奈德送去跳芭蕾后,就在纽卡斯尔海滩的海堤上漫步。望向茫茫的大海时,风会掠过堤坝的巨石,把你推向大海,那时你依然能感觉到堤坝存在于你的背后:这些防御设施就像海边游乐场和水上公园一样突兀。它周围有那么多美丽的风景。后面是山,前面是海。对所有游客和那些以旅游业为生的人来说,这条防御线是一种遗憾。不过,这周围有座可爱的图书馆,因为我的视线能穿过儿童区书架看到多纳德山。

乌云密布,天空犹如被水墨渲染过。我离开步道,前往海滩,走向海浪。这里的海滩都是鹅卵石,而不是沙子——因为堤坝是巨石垒成,所以海岸线的漂移致使沙子被卷到了壮丽的穆尔洛海滩,就在我目光可及的前方。他们在谈论定期进口沙子,这是一个荒唐的想法。想想海岸堤坝和步行道是如何改变了沙子的流动,所有这些沙子都将被海浪不断地运送、卷走。我们无法一直操控大自然,这几乎是不可能的。

我坐在防波堤的木板上，它已经变黑，有了裂痕，但还可以作为休息的地方。我听到海岸线上有动静，一种低沉持续的声响，机械的噼啪声。我拿起望远镜，看清了它们：大约三十只左右的三趾鹬，不规律地移动着，但是怀着绝妙的目的。黑色的腿快速地移动，模糊了我的视线；喙一闪，戳到了沙里，像沙地的犁夫。它们随着海浪转动，毫不停歇，时而碎步快跑，时而冲出去。每一个动作都快极了，让我无法集中精力。真是一群海岸边引人注目的家伙。

三趾鹬的翅膀是雪白的，翅背呈青灰色，头顶则点缀着黑白相间的羽毛。它们从北极高纬度地区来爱尔兰过冬，不间断地旅行了五千多公里。它们的动作极具魔力，尤其当我专注观察一只鸟时。我看着它如何百折不挠地在海浪和海岸线之间快速移动，一边走一边啄食。退潮时，它不断地重复着一切，一次又一次，一遍又一遍，锲而不舍。我不确定成效如何，因为它们一秒也不曾停下，而每次从海浪到海岸线寻找食物都必定耗费大量的精力。相比之下，我想起了摇摇摆摆走着的蛎鹬，它不停地小憩一会儿，仿佛在欣赏风景或迅速思考一下人生。当然，我知道这样做有点儿傻。每一个物种都根据它们所处的环境而演化，但我发现物种之间的各种差异都卓越不凡，激动人心。

一只黑色的西班牙猎犬打破了魔力时刻，它从石头上猛冲过来，就像刚从牢狱中释放出来的一样。它驱散了三趾鹬的聚集，让它们飞了起来，去寻找一个不受打扰的地方。我希望它们能找到这样一个地方。

十一月二十五日　星期四

黑暗降临，光线变得珍贵。黑夜偷走了白日，带来了一丝紧迫感。它还掠走了花园的歌声，但也向我们展示了那些被枝繁叶茂的夏天所隐去的地方。我可以探索这些新的地方，在光线渐暗的时候躲在其中。尽管如此，田野里仍然可以倾听大自然的音乐，所以我们决定跑到唐帕特里克的科伊尔河畔去听一听。

一条小路从停车场延伸出来，红嘴鸥急切地聚集在那里，它们像跳着托钵僧舞一样无休止地旋转着、尖叫着，搅动着的空气把野鸭的羽毛从柏油碎石路面上掀了起来。这一切令人不安，但我忍不住观看，它们不停地落在垃圾箱上，绝望地在野餐桌下搜寻。一辆车停下来，一位女士提着满满一桶面包出现，场面立刻变得疯狂起来。我感觉海鸥的每一个动作都像投掷出的飞镖，它们在进食，以此为命。这是海鸥的食物银行。妈妈带着我朝小路走去，离得越来越远了，但我的心还在怦怦地跳着，哪怕嘈杂声都已听不见了。

我坐在河边的长凳上喘息。妈妈带着布拉希奈德去收集树枝，洛肯坐在我旁边。他也感觉到了。海鸥的饥饿。我们聊着这个话题，直到被尖锐的咕吱声吸引了注意，我们抬起头来，一影流光，是戴菊莺，几乎是一瞬间，它从光秃秃的赤杨林中一闪而过。等落下后，它开始啄食被苔藓覆盖的树干，然后再掠起、盘旋，从一个树枝到另一个树枝，猎食昆虫和蜘蛛。

我转过身，洛肯不见了——他被附近的另一种声音吸引了，是一群银喉长尾山雀集合的哨声。我加入了他，我们看到暗淡的太阳从云层中喷薄而出，阳光温暖地倾洒在我们身上。这些鸟急躁地飞着，圆墩墩的身体和不成比例的长尾巴在摇摇欲坠中保持着平衡。洛肯和我相视而笑——观察银喉长尾山雀带来的怡然知足，不需要任何外在的提示激起。我们的默契藏在心里，由一条银线紧紧拴在一起。

继续往前走，我们看见布拉希奈德伸开四肢躺着，腿悬在河上赤杨的粗枝上。我们加入了她，攀上另一根枝干，一边在空中保持着身体的平衡，一边看着一排凤头潜鸭浮水而过。天空变成琥珀色，凉风习习吹在我的胸口、嘴唇和手指上。有一只鸭子的外形与众不同，我拿起望远镜仔细观察，发现它有金色的眼睛，一块大白斑正好长在眼下。它潜入水中，我的目光追随着，直到它再次浮到水面上，它丝绸一般的后脑勺上泛着绿色的光泽。一只鹊鸭，如此美丽。或许它是独自到这里过冬的，周围没有雌鸭的陪伴。我们很少想到，所有努力都是在水下进行的，那些蹼状的螺旋桨在水下不停划动，看似能轻松而优雅地在河面上游弋。这就像自闭症谱系的人。只看表面，没有人意识到他们需要付出多少努力，需要消耗多少能量，才能看似若无其事地融入周围，像其他人一样。

我告诉洛肯和布拉希奈德有鹊鸭，并把望远镜递给他们。每个人都为这个发现惊叹不已。妈妈在叫我们，说如果我们不快点出发，天黑前就赶不到鸟儿们的栖身之所了。我们三个一起，不情愿地从树干上滑下来。等到达河边并安置妥当后，天色已渐暗，但这仍是个神奇的地方——而且只有我们，这意味着每个人都可以坐在窗前。我们打开窗，让微风吹进来，灯芯草中水鸭的叫声也飘了进来，白骨顶吠叫着驱赶绿头鸭。远处的对岸有一群在田间觅食的凤头麦鸡，它们的羽冠呈扇形散开。一声意想不到的动静惊得它们都飞了起来。一束光忽然从青铜色的云朵中照射下来。这最后的一缕阳光在微弱的低语中投下阴影。噼啁，噼啁……凤头麦鸡扑扇着翅膀，再次着陆前，一次又一次地在地面上盘旋。

太阳落山了，时间悄然流逝，但它在这里凝固了，万籁俱寂，我能感觉到凤头麦鸡，仿佛它们就在我身边。世界变化很快，却冷漠无情，鲜有人真正关心。这里没有世间的纷扰，周围充满了拍打翅膀的节奏、鸟儿的鸣啭、古怪人类的喘息和咯咯的笑声。尽管我们周围的天空越来越暗，但今天的一切是金色的、明亮的。

IM SURE THE DINOSAURS THOUGHT THEY HAD TIME TOO
ACT NOW
A-LEVELS
but there's no
PLANET B
YOU WILL DIE OF
OLDAGE
FROM
MATECHANGE
YOUTH STRIKE 4 CLIMATE
BELFAST
THE GOVERN
FOSSIL FUE
OUR
DESTRUCT
Our Wee P

冬

冬日的黑暗里，幽灵呼吸着冰冷的寒风。下雪天充满了魔力，但是其他时间呢？那些枯竭的日子如水彩般浸没在灰色和棕色中。繁茂的一切都消失了，展露出大地原本的轮廓和形状、树木的结构、光秃秃的尖顶。人们走进黄昏，拥抱黑夜，因为现在的它占据了一天中更多的时间。天空近得仿佛有种压迫感，有时轻柔，但更多是有力的。这就是冬天的美。稀薄的空气和黑暗的侵入让所有季节都黯然失色。如今，冬天对我来说像是一个成长的季节，一个缅怀的季节，一个与我们祖先和逝去的人们联结的季节。去了解他们的故事、信息和物品。黑暗越多，意味着我们在夜晚拥有的宁静越多，那时只能听到知更鸟、秃鼻乌鸦、寒鸦、渡鸦或者冠小嘴乌鸦的歌声，还有远处海鸥尖锐的叫声。但我可以听出这中间更丰富的内容。

对有些人来说，在黑暗中起床是最困难的事，但我一直很享受从儿时起就和妈妈共度的那些清晨——无论什么季节，我们躲在毯子下面讲故事，日出前玩国际象棋。天亮的时候，感觉已经做了很多事情。我常常一个人先起来，追寻黎明前的声音：钟表的嘀嗒声，燃油锅炉启动的嗡嗡声，暖气装满热水时发出的嘎吱声。在天色微亮之前，一天的齿轮就开始转动，寒鸦在扩建的屋顶上跳舞。然后是一只唱歌的知更鸟；乐高积木从盒子里散落出来的声音；我打开国际象棋盒子的铜制闩锁，把爸爸的旧棋子摆好，木制棋子碰在木制棋盘上的声音，盒子上还有他的圆珠笔签名，写的是欧甘字母①。在寂静的黑暗中把一切收拾妥当，是为一天做出的最好准备，是在天亮前雕刻时光，是在黎明到来之前看着时间的帷幕拉开。冬天里我们可以看到更多——风吹过时树枝的震颤，栖息在枝头的鸟儿的身影，还有很多未曾发现的东西。

  我清楚记得十二月的一天，拉甘河的纤道沿线和它周围都被一片白色照亮。我记得我穿的那件米色粗呢外套——因为我很喜欢它，还有蓝色的长筒雨靴。我的鬈发变长了，洛肯则刚开始学会跑步。这是他奔跑的第一步吗？我的第一步是什么样的？是三岁时吗？不知道其他人是否还记得那么久远的事。对我来说，那些都是最明亮的记忆，清晰、清脆如那日午后我们的脚步声。太阳很低但很明亮，在我们遇到那些垂向河边的柳树前，还有很长的一段路要走。各种可能性都模糊不清。生命之岛正在逼近。出于本能，我安静下来，

---

① 爱尔兰中世纪前期使用的字母，又名"凯尔特语族树木字母表"。

放慢动作；我看见河面上有一片涟漪，荡漾起枝头的倒影。一个黑色、光滑的背影正在潜行。我指给爸爸看，我们一动不动地坐着。妈妈抱着洛肯，在他耳边低语，让他保持安静。朦胧的身影，那是水獭，昂着头游来游去——我们看得很清楚，四周没有其他人。只有寂静和水獭，水獭和寂静。我感受到这一刻的分量，一滴泪从脸颊滑落。不知怎么它就逃离了——水獭就是这样。当它转身消失时，更多的生命填补了它的空缺：先是一只喙，然后是一道蓝光掠过河面，一只那么快的翠鸟，那一定是我想象出来的。

呜咽声就是这样开始的，如此感慨的呜咽声。因为冬天让一切都变得清晰，不用找寻就能看得到。犹如声音在空荡的地方传得更远一样。抬起头就能看见那些一直隐藏的东西。当然，漫长的冬天也会让人不适。尤其是当你对春天充满期盼时，它就会变得难熬。

水獭那日之后，雪融化了，似乎在那之后的每一天都变得比前一天更灰暗。我仍然能看到那些不真实的色彩、翠鸟，还有那些微微晃动的涟漪。现在，当我进入十四岁的最后一个季度时，当被更多的黑暗包围时，当夜晚更像是敌人而不是朋友时，当它将你遮蔽、压迫得你几乎看不见、连呼吸也变得困难时，我会用美好的回忆摆脱那种困境。内心深处，我将那些回忆储存在一个充满我过去种种见闻的柜子里，在我最需要它们的时候，将它们拿出来，照亮我。我必须进入这个世界去寻找新事物。它们总是在那里，一直在那里。

十二月一日　星期六

　　我们走进很久以前就存在的凹陷路段，我感觉被一根绳子牵引着，它将我们与那些不复存在但在我们脑海中仍然真实的东西联系在一起。最近我的内心一直在彷徨徘徊，我和自己的对话变得陌生而奇怪，但又让我感到触动和震撼。我不停地把时间想象成一根细绳，火焰从一端烧向另一端。正在燃烧的火焰代表着现在，我们可以从那里行动起来，活得更加精彩。燃烧完的灰烬代表过去，完好无损的部分则代表未来。每当有事情发生时，绳子就会断裂。所有逝去的是灰烬：他们仍然存在，而且永远不会离开我们。我能感觉到绳子在下降，有的部分仍在剧烈地燃烧，但大部分会变脆，成了棕色，向前延伸。

　　在凹陷的路段里，榛子树隆起成拱形，凸出的树根和裸露的泥土盘绕在我周围。视线渐渐收窄，消失成远处的一道光亮：一轮皎洁的满月。我的脚步声回荡在耳际，双脚坚实地踩在冬日的泥土上。我走在最后，感觉自己就像钢铁侠，铿锵作响地进入另一个维度，被注入了热烈的能量。一种声音透过我的脚步声传来：一只知更鸟用莫尔斯电码颤抖地发出求救信号。我摇摇头，甩掉了这种奇异的想法，但那种怪诞的感觉依然存在。

忽有一阵微风吹过树枝，发出一阵巨大的嘎吱声，像是在唱歌。我心神不宁，走出这段光线朦胧的通道，我的感官仿佛突然被颠覆了。周围涌现的都是奇奇怪怪的形状和颜色。我向右转，大步走进光线中。这里的金雀花正开得繁盛，黑莓丛中果实累累，但叶片开始发黄。榛子树上挂着逗人喜爱的玩具、小装饰品、摇摇晃晃的小玩意儿，还有我没打开的盒子。我加快脚步来到一扇绿色的大门前，门口有一块牌子写着"巴利诺石圈"。我走在冰霜闪烁的草地上；脚下噼啪作响，震耳欲聋。那根火焰与灰烬的细绳似乎仍在牵引着我，把我拽向那些竖立在新石器时代墓葬里的石柱前。

夜晚的光线下，石头好像形成了一个近乎完美的圆圈，入口没有霜冻，你可以看到一个清晰的轮廓，一条进入的通道。另一个世界就在这里。当我走近这个环形石堆，这些坚硬的石头看起来就像刚刚从地下升起，富有生机，石头上散落的土壤好似它流动的血液。这就是时间的特性。时间的细绳可以分裂成无数种可能性。埋在这里的远古人类的遗骸曾被挖掘工作打扰，火化了的骨灰四散各处。细绳向下牵引着我，真相在眼前展开。那些很久以前逝去的东西仍然存在于某些物体中。在泥土里，在树木上——知更鸟便栖息在这样一块石头上，它敲打着音符在诉说。知更鸟从一块石头跳到另一块石头上，不时停下来唱一会儿歌。

奶奶相信死去的人活在知更鸟的身体里，也可能是他们的灵魂寄存在那里。爷爷在我两岁时就去世了，每次她去爷爷的墓前祭奠，都会出现一只知更鸟，热烈地唱着歌。感觉就像爷爷一样，她说。

我希望我能记起那些过去的事，那些他已时日不多、坐在扶椅上的日子。奶奶告诉我，她会注意到他口渴的时候，然后会去拿水瓶，甚至把水瓶送到他的嘴边。他会说："只要一点点。"我舒服地蜷在他的膝盖上，安静地待在那儿。那个年纪的我平时很少保持安静，总是在说话，总是不安分。但坐在他膝头的那个时刻，我沉静下来了。

爷爷去世的那天，爸爸把我抱起来亲吻他的额头，作为我们最后的告别。我希望我能记起那时的感觉，还有在那之前，他还活着的时候。我还记得莎伦姑姑的葬礼——在爱尔兰，我们不惧怕死亡，我们拥抱它。逝者会被"唤醒"[①]。他们的身体被包裹着，但没有盖棺。"唤醒"是一个庆祝活动，会准备很多的食物（不间断供应），以及茶和酒水。大家在一起交谈，追忆逝者，有拥抱，有眼泪，人们释放所有的情

[①] 这是爱尔兰葬礼中的重要一环。

绪。棺木摆放在房里，人们聚集在它周围，沉思、祈祷、诵读《玫瑰经》。气氛是苦乐参半的、忧郁的。我记得我亲吻了莎伦姑姑的额头，洛肯也被抱起来告别，如同我对爷爷做的那样。莎伦姑姑走时才四十一岁。那是九月的一天，我七岁，洛肯五岁，而布拉希奈德还没出生。癌症带走了她，就像带走了爷爷一样。我还记得她那冰冷的、纸一样薄的肌肤。她看起来与往常不一样了。她变成了一只影子，原来的那个她已经去了遥远而陌生的地方，远离了楼上卧室里沉闷的空气。这里的人们围坐在一起，她的影子躺在中间。

在石堆的后面，墓葬北侧的石冢上有一棵孤零零的树。树上的叶子都凋零了，现在很难判断它是什么树，但就像凹陷地段里那棵榛子树一样，几乎每根树枝上都挂着祭奠品。有各种护身符、避邪物、希望、梦想和纪念。那些挂着的缎带、镶框的花画、婴儿玩具、小塑像，有些已经变得陈旧，褪了色。夕阳西下，风吹过石头发出沙沙声，看着它们一个个挂在那里，我体会到一种如同那天看见水獭出现或翠鸟归来的感觉。延伸，一切都在向外延伸。身体、心灵、感悟，我周围的所有空间里都充满了无限的可能性。

现在逝者包围着我，周围皆在缥缈之中。我躺在冰冷的大地上，闭上眼睛，感受着地下的脉息。然而，眼睛始终是干的——已经记不清上次哭泣是什么时候了。也许挨了太多的打，我的泪水已经流尽了，连心也变硬了。忧郁的情绪席卷而来，胸口发紧。也许是感觉到了这一刻微妙的氛围，也许是因为听到了我在不知不觉中的哼唱，妈妈走了过来，坐在我身旁。我坐起身来，凝视着远处的田野。黑暗的力量试图靠我更近一些，但我听到知更鸟在耳边鸣唱，胸口忽然变得轻松，如释重负。我呼出了一口气。

我打着手电筒向上走，和妈妈、爸爸、洛肯和布拉希奈德一起穿过了凹陷路段。走出来后，我们进入了一个不同的夜晚，这里有汽车和街灯。一个稀薄的地方在两个世界交织的地方产生了，而我们能如此在两个世界之间往来，对此我们很感到满足。

十二月六日　星期四

放学后，我们在朦胧的暮色中回家，洛肯和我很享受这段日子，尽管天空是青灰色的，没有一丝蓝色，连日以来都是如此。然而，光可以通过多种方式照射进来，每天我们都会停下来侧耳倾听常青藤的音乐。麻雀之歌，一群咯咯笑的家伙，热闹非凡。缠绕在一棵光秃秃的花楸树下的常春藤生机盎然，树干的下面被它装饰得像在庆祝。麻雀们紧张地忙碌着，进进出出，衔着树枝。常青藤是他们的宅邸，整个家族的成员都安居在这里。但类似这样的聚集并非随处可见。自一九七〇年以来，英国麻雀的数字下降了约百分之七十。家雀把它们的鸟巢建在人类的居所附近，若在教堂外找到一棵这样的树则是一种祝福。唱歌的时候，家雀的羽毛会蓬起来，我留神听着它们的鸣唱，分辨着是谁在唱，顺序是怎样的：雌鸟领唱，雄鸟紧随，分别从棕色冠的到银色冠的，然后一起合唱。嗡嗡作响的车辆在雨水中穿梭，飞溅的水花落在我们附近，又溅到我们身上。冰冷的水珠丝毫没有影响我们观看和倾听的兴致。这群家雀与我们屋外灌木丛里的麻雀分属不同的种群——几天前，当我路过常春藤时曾打电话问妈妈，家里的那群麻雀有什么动静？令人高兴的是，常春藤和灌木丛里的家雀都在忙碌着。它们在喋喋不休、叽叽喳喳地交流。妈妈数了数，共有二十五只鸟在那边，而我这里有四十只。这些数字让我感到喜悦。

家雀的舌头上有一块额外的骨头——前舌骨，这让它们能够把种子平放在舌头上，便于进食，真是不可思议。在希腊神话中，麻雀是神圣的，通常与阿佛洛狄忒女神联系在一起，象征着真爱和心意相通。在《伊利亚特》第二部分，荷马写道，一条毒蛇吃掉了九只麻雀、八只雏鸟和它们哀鸣的母亲，这个数量决定了特洛伊的战争将持续多少年。不知道有多少人看到麻雀会产生这种深度的联想，或只是简单地惊叹于我们是多么幸运，能够与麻雀们共享同一个生态环境。在我们的联想中，所有的鸟都是鲜活的，将我们与自然界联系起来，激发各种各样的创造力。这种与自然的联系真的会减少到不可挽回的地步吗？我拒绝相信。

我站在雨中，听着羽毛蓬松的麻雀在叽叽喳喳地交谈，感到豁然开朗。大自然是一切的开始。尽管眼前的作业堆积如山，我还是应该放慢速度，去听，去看。就像威尔士诗人维·亨·戴维斯在《闲暇》一书中所写的那样，留出时间驻足凝视：

若我们满心忧虑，这算什么生活！
我们连驻足欣赏的时间都没有，
没时间站在树枝下，
像牛羊那样闲散凝视，
没时间体会我们穿越的森林，
在那里松鼠把坚果藏在草丛中。

但我不认为这是"闲暇"，它是一份好工作，一份需要用心去体会的工作。花时间去观察大自然，沉浸在它的图案、结构、情节和韵律中。数学家和科学家就是这样被培养出来的。艾伦·图灵研究了自然界的图案：胚胎细胞的球形组织、花瓣的排列、沙丘上的波纹、豹子身上的斑点以及斑马的条纹。他在其中寻找一种数学模型来解释生物细胞的发育，并称其为"反应扩散系统"，将图案转化为模拟反应。这太复杂了！眼下我无法解释他的理论，但正是在自然中冥想启发了他的灵感。自然能激发人类的创造力。我们要做的就是从问"为什么"开始。让思绪肆意飞扬在大自然中，甚至"做白日梦"，这些都比我在学校里学习对创造性更有帮助。

我通过思考来完善自己，而在思考的同时密切地观察蜻蜓或椋鸟的飞行模式会带来颠覆性的、耳目一新的感受。谁知道守望麻雀会把我们引向何方？

　　花环状的常青藤结满了心形的叶子，有的上面露出些许鲜花，有的伸出了黑莓枝。一只画眉出现了，啄食着地上的果实。还有一只乌鸫飞到了常春藤中想要饱餐一顿。我的校服现在都湿透了，我才意识到洛肯已经走了。他可能跟我打了招呼，但我没听见。我太忙了。从公交车站到家的这段停歇比家庭作业有趣多了。

十二月十五日 星期六

雨水成片地落下来,像玻璃一样砸向地面。鸟儿依旧风卷残云般地来这里觅食,我们不得不更频繁地装满喂食器。它是属于鸟类的食物银行,里面装着种子、坚果和板油。雨水落在玻璃上,模糊了视线,于是我打开露台的门,将一把椅子拉到门口处,再拖来另一把,这样我就可以把脚跷上去了。我一边读着周末的数学题,一边观察来访的鸟儿,记录和比较每周的统计数据。大多数周末我都会这样度过,尤其是大雨倾盆的日子。

尽管暴雨如注,但并不影响两只煤山雀来来往往。它们先是啄着锻铁碗柄上散落的种子,接着又搜罗了一些带着飞走了。知更鸟会悄悄地飞到喂食器下面,大部分时候啄食掉落地面的食物,有时也会落在碗上,却从不在喂食器上停留。林岩鹨也一样,总是旁观,从来没有来吃过碗里的东西。令人惊奇的是,一只鸫鹩在我坐的椅子附近降落,啄食我翻过袋子时不小心掉落在地上的食物,而且它被一只渡鸦发出的嘎嘎声分散了注意力，丝毫没有察觉到一旁的我。鹪鹩离得如此之近，我可以看到它身上白色和棕色的起伏，风吹起它的羽毛，尽管它们已经那么潮湿了。它的尾巴翘了一下，有了微妙的变化。当它望向我这里时，我则像雕像一样一动不动。它展翅飞起，盘旋，一鼓作气地扎到了门旁边的火焰藤灌木丛中，这是我们搬到这里之前很早就有的（可能是别人从园艺中心买回来的）。

虽然这种植物并不适合野生动植物园，但火焰藤上有很多鸟儿冲破的洞，是它们快速地进进出出所形成的。有些洞很小，有些则大得多。这些鸟都在这里做什么呢？有时，里面的动静听起来就像发生在都铎酒馆里的斗殴，有那么多不同的"口音"，混杂着当地居民和外地游客。一个多元文化的社会，同是鸟儿们，却又形态迥异，形形色色。有一次，一只秃鼻乌鸦飞了进来，整丛灌木便炸了锅，有扑棱扑棱乱飞的翅膀，还有刺耳的叫声。

一只大山雀从鹪鹩离开的地方跳了出来，苍头燕雀也加入进来。还有一对金雀在这里，总有一只飞过来觅食，通常是雌金雀，雄的那只则在远处观望，之后它们双双飞走了。我往下瞧见门口积了一洼水。雨哗哗地下着，我的裤腿已经湿透了。怎么都没注意到？我沉浸在发呆的世界中，那里的时间在凝视中飞速流逝。有三只寒鸦闯了进来，都有亮蓝色的眼睛。我坐在椅子上一动不动。接着一只喜鹊也跳了进来，它们都在那儿，蓬头垢面，共同觅食，抖动起羽毛把闪闪发光的水珠洒向灰色的天空。似乎是忽然在空气中感到了什么（也可能是吃饱了），它们忽然一起离开了。外面车辆的声音因鸟儿们的缺席而在花园中回响，一切变得无聊起来。我瑟瑟发抖，关上门换下湿透的裤子。

我们可以在花园中创造一个大自然的安全空间，尤其是在食物短缺的冬季。我们可以随时随地行动起来，关爱自然，也关心我们自己：充满生命的花园、自然保护区、休憩场所、喂食处、鸟食补给处等等。凝神观察花园中的鸟类活动让人感到舒适满足，无论是对大脑，还是对心灵。在静静地感受雨和观察鸟之后，家庭作业不再是一件苦差事了。没有什么比这些事情更好了：维护所有生物之间的联系，甚至包括维护那些生活在我们后花园中和繁忙街道上的物种，保证它们也能生存。

十二月十六日　星期日

今天天空放晴,为前几天阴雨连绵的灰暗天气带来了阳光。我们似乎有好几周都没有出去好好散步了;幽闭恐惧症因为年底的考试和阴晦的天气而加剧了。我们一直宅在家里,都快发疯了。我坚持着在黑暗中散步:清晨天色未亮中爬上小山,一直走到森林公园的马道尽头再折回。这是从雨中短暂逃离的时刻,而一阵阵的风总能吹走我在家里和学校围墙之内的那种无精打采和郁郁寡欢。

当外出郊游的消息在家里传开时,大家都松了一大口气。我们要出门咯!去罗斯特雷弗的仙谷。全家人都去,包括罗西,它会穿着那件紫色斑点的保暖外衣。奶奶就住在那儿附近,所以我们打算之后和她共进晚餐。

在我还小的时候,像这样的新计划会让我的大脑完全混乱和失控,感觉这是不可能完成的事。突然的变化会让我痛苦无助。大多数人可能觉得快速应对新计划是很自然的事,但这对我来说简直恐怖至极。如今经过妈妈的温和教导,并加上对外出活动的充分解释和周密计划，我可以让自己更从容地应对这些情况了。我认为人们没有意识到自闭症患者需要在幕后付出多少努力才能看起来正常。实际上，在大多数情况下，我们压抑着自己的感受，牢牢控制着情绪，直至我们到达一个安全的地方，才会释放压力。整个过程好似从湍急的河流过渡到悠闲的步行街。我想到弗吉尼亚·伍尔夫在《达洛维夫人》中的人物关系是如何通过在伦敦街道的散步相互交错的；我觉得与之紧密关联的不是人，而是元素，是自然。它们是我日常生活中、是我自己的故事中不可或缺的一部分。

不过我一直在和人打交道。这段时间算是迄今为止我与人交往最多的时期了。学校的生态小组已经发展到二十多名学生，来自所有的年级。然后是编程俱乐部，还有午餐时的国际特赦小组，以及课间和朋友们一起闲逛——没错，是朋友们，不止一个！表面上看，生活似乎很平常。但我的思想进入了更深层的领域。因为在日常生活中不再担惊受怕，我有了自由的时间去思考、去梦想和漫游内心世界。这样的日子令人沉醉。春天和夏天，阳光和明亮的季节，让我绝望；黑暗则带来安慰和治愈。我不会像其他孩子那样"社交"，他们放学后见面、聊天，为视频网站的主播们争吵个不停。我与生俱来就不是那种会与人闲聊的人，现在我很乐意做自己，因为已经有太多的东西让我们从自身和自然世界分心。

然而这并不意味着我不喜欢电子游戏——我们需要成为立体的人，不是吗？人是多层面的。我们可以结合技术与自然联系。没必要用不断地指责青少年的数字化习惯来孤立我们，如果你想那样做，那么请先审视一下你自己的生活习惯。相反，应该多为学生提供探索的机会和空间，并建立一种认可自然界是我们最伟大的老师的教育系统。

在室内阴暗处待得久了，外面的蓝色是那么炫目。周日的河边挤满外出散步的人们，他们对户外活动的渴望得到了缓解。周围充满了这样的对话："啊，雨下了这么久，能出门走走真是太好了。"雨过天晴，人们满脸笑容，享受着眼前的灿烂。

洛肯和布拉希奈德蹦蹦跳跳地穿过河流，尽管水流湍急，可一点儿也没影响他们在垫脚石上玩耍。他们看准了每一跳所需的跨度，过河和返回的时候脚下没有丝毫的犹豫。妈妈每次看到他们几乎要滑倒时都紧张地倒吸一口气，而令人诧异的是，爸爸什么也没说。显而易见，孩子们需要释放能量。

我坐在冰冷的岩石上，脱下鞋袜，让双脚浸入冰凉的河水中，感觉水流冲到了腿上。我拿出双筒望远镜环顾四周，什么都没有。我正好可以享受一下回旋的水流，感受刺骨的河水令皮肤逐渐麻木的过程。过了片刻，皮肤开始有点刺痛，逐渐忍受不住了。我起身加入其他人。他们在前方稍远处驻足观察着什么，于是我又停下来。此时，他们观察的那个东西跳到了我的面前，踩在河里的一块垫脚石上。是一只河乌，它昂着头，露出白色的喉部，身体在水面上轻轻地上下晃动。接着它潜入水中，我可以看到它在水中的身形，在移动，在游走，它的脚紧贴在石头上。之后它又露出了水面，跳上岩石，开始精心梳理起羽毛，夸张地抖动着。忽然河岸边的一道冰冻果子露般的色彩和银光吸引了我的注意：一只灰鹡鸰，它像一名少年赛跑手一样，急促地奔向河岸。当我的目光转回到河水时，河乌却已经不见了。我才意识到我的脚几乎冻青了，急忙穿上袜子和靴子，艰难地向前方追去。我没有告诉爸爸妈妈冻僵脚的事，不希望他们为此紧张。

仙谷是个充满田园风光的地方。入口在大桥街旁边，一边是爬满常青藤的小屋、石墙和绿草如茵的河岸，另一边是基尔布罗尼公园，一条与之同名的河流就像一条大动脉，将村庄与公园、小树林与森林分隔开来。河边耸立着一排橡树，这里的山毛榉上依然留着皱巴巴的叶子，闪着熠熠金光，似乎还没做好掉落的准备。周围仍然有很多人，所以我们决定冲到河的另一端，走向一片大草地，在那里我们开始远离周日散步的人群。以防万一，我们要走得更远一点，再停下来歇口气。

洛肯真的忍受不了那么多人，尤其是在室外。他喘不过气来，心脏也无法跳动。他感受不到大自然中的乐趣，也说不出话来。我们三人都会自我刺激——这是指自闭症患者进行自我安抚的行为①。洛肯发出各种声音进行自我刺激，他尖叫、咕哝、吹口哨和呻吟。布拉希奈德则是绞手指、拍手、发出吸吮的声音，她称之为"荧光压力减轻运动"。这些减压行为并不奇怪，只是与普通人的方式不同而已。就像一些神经正常的人也会絮絮叨叨——通过不停地说话来疏解压力。我的方法是用手指卷头发，毫无目的和章法地乱跳，有时甚至会尴尬地扭几下。当周围有其他人时，我能控制住这种行为，洛肯也开始学着压制它。但是布拉希奈德则因为年龄小，自我意识弱，还不是一位受控制的自我刺激者。不过那又怎样？这就是我们。我们的幸福就是这样迸发而出，焦虑就是这样渐渐散去，这是我们调节大脑的方式。你可能也在不知不觉中自我刺激过。你咬过指甲吗？卷过自己的头发吗？扯过自己的耳朵吗？没错，这样看起来，也许我们终究没有那么不同。

我们穿过沉睡的草地，起初周围似乎是空荡荡的，之后有了动静，形色各异的家伙闯入眼帘：棕色的，带上些微红色和灰白色的，原来是田鹬、红翼鸫和獬鸫。它们都在慢条斯理地闲逛，挺着脖子，左顾右盼，时不时地低头轻啄一下或刺向地面。今天早上下雨了，地面上有很多虫子，只要

---

① 自我刺激是机械的、重复的行为，越是焦虑的时候，自我刺激行为就越严重。

有狗在旁边叫，就会惊扰得虫子们都抬起身来，起码有一百只，比我在地上直接看到的多。鸟儿们落在远处的草地上，但没过多久，它们就开始向我们靠拢。

田鸫和红翼鸫来自斯堪的纳维亚和欧洲大陆，它们有时被称为"冬鸫科"。我还记得二〇一〇年那个我们出生以来最糟糕的冬天。水管都冻住了，停了水，我们只能融化雪水来冲厕所。在布拉希奈德一岁生日那天，一位朋友从贝尔法斯特的另一边给我们捎来了瓶装水，因为我们的水用完了。气温下降到零下十摄氏度，这让我感到兴奋，我们靠客厅里的壁炉取暖，因为像其他有分体式管道的人家一样，我们的中央供暖系统失灵了。

爸爸记得那特别可怕的一天，他下班沿着拉甘河走回家时，在路上看到很多冻死的红翼鸫。还有更多的在挣扎着飞行，撞到墙上，或倒在路上，奄奄一息。这令他很难过，却无能为力。他尝试挽救它们，但鸟儿们的内在生命迹象已经消失了。它们来到这里是为了躲避恶劣的环境，寻找温暖、庇护之所和食物。然而，它们竟在这里命丧黄泉。我从未经历过这么寒冷的天气。在我们的小房子里，我们依偎在一起，为红翼鸫和其他鸟儿哭泣。

我们站在草地上看了一会儿鸟，它们生机勃勃。爸爸妈妈提醒我们要去奶奶家吃饭了。我们多么幸运啊，总有一个温暖和欢迎我们的地方可以去。

十二月二十一日　星期五

黎明时分，我在上学之前去森林公园寻找一点色彩和光亮。秃鼻乌鸦也醒了，在空中穿梭。今天早上，我并不喜欢它们的叫声——以往我都不会拒绝它们的声音，但它现在让我感到冰冷和折磨。我把上衣的拉链拉得更紧了——上衣是亮蓝色的，这是周围最艳丽的颜色。脚下的草地湿漉漉的，湖面起伏着波浪，几乎是一片漆黑。我感到自己陷入其中，出门是寻求抚慰，却游离到了安全区的边缘。周围怪诞诡异的氛围在蔓延。我挣扎着往回走，试图从这种感觉中抽身，当我这么做的时候，一道光亮出现了。我看了下表，已经晚了。我今天真不想去上学。但这是学校的最后一天，而且只有半天。

我在足球场后面这块地方闲逛时，一直拖着脚后跟，这种不适直到课间休息时才有所缓解。这是学校里的一处不错的地方，特别是像今天这种天气，蔚蓝的天空下万里无云，又有些寒冷。我倚在一棵山毛榉树干上，透过我的套头衫和外套感觉到它银色的树皮贴在我的背后：回想这一天发生的事，忽然意识到我忘记了今天是冬至。也许我并没有，今天早上那段诡异的散步或许跟冬至有关。我感觉被从床上拉了起来，在大家都起床出门之前，被吸引到幽幽的湖边去过德鲁伊教的冬至节日。我在漆黑的树林里散步，德鲁伊教的教徒们在收集槲寄生，燃烧尤尔原木——他们在上面集中撒上面粉，再浇上麦芽酒，用去年剩下的一块原木将它们一起点燃。

我在想，放学回到家时，妈妈可能已经采集好了冬青和常春藤，它们都是常青植物。我们的圣诞树也会竖起来，差不多要占据整个房间，松针散落在各处。家里有一棵真正的树，真令人欢欣雀跃。我们往年都会点燃炉火，但新家没有可以生火的壁炉，这是第一次经历没有炉火相伴的冬季，直到现在我才意识到这点。原来我从未发觉，我是如此拥抱着黑暗，而从今天开始，黑暗将逐渐消退。这是一个转折点。光明即将来临，家里的烛火将被点亮，而且还有圣诞节。也许这是一年中最黑暗的一天，但总有光明相伴。黑暗和光明，两者都需要喘息，都需要重生。

学校的铃声把我从遐想中拉回到现实。一只知更鸟也在报时，告诉我冬至即将来临。它栖息在一根与我视线齐平的长满苔藓和地衣的山毛榉树枝上。我往前走，它却一动不动，依旧不停地鸣啼。当我离学校有些距离了，依旧能听见它的颤音，不知道其他人是否能听到。我停下脚步，心血来潮地跑回去拥抱这棵山毛榉，感谢那些在过去四个月里照顾我的学长们，这是我在学校里度过的最美好的四个月。

十二月二十五日　星期二

圣诞节来临，布拉希奈德的兴奋情绪席卷了整个房子。一辆自行车！是一辆自行车！她假模假样地等了半个小时，接着赶忙骑了出去，和其他孩子们一起在雨中兜风。我总是起得很早，圣诞节的早晨也不例外。人们兴致高昂，平常的噪声都已淹没在撕开各种包装纸的声音中。圣诞老人送给每人两份礼物：巧克力硬币，以及塞满贴纸书、圣诞卡、橘子、自制的姜饼人、乐高或者摩比公仔的圣诞袜。我从来没有和这些公仔小人"玩过"，我只会拼装他们，把他们排成一行，或把他们组合成不同样子。然而洛肯总是跟他们一起玩，游戏玩得还很激烈。我们兄弟俩虽然都患有自闭症，但并不是相同的复制品。

我认为圣诞节的早晨总是欢乐的。我想不起有任何痛苦的经历。我总是和家人们在一起，待在我们的房子里，感觉很安全。每年我们都会在电视上观看《雪人》这部电影。昨天晚上是平安夜，我们都得到一小堆新书可以在假期和冬天的最后几个月里阅读。这是每年的惯例。我得到了菲利普·普尔曼的《尘之书三部曲》和一本二手的《卡德法尔神父》，还有一些有关自然的书籍和奇幻小说。

礼物都拆完了，晚餐也准备得很早，所以我们有足够的时间整装出门散步。妈妈既是公认的也是自封的厨师，没有人反对，但我们都需要帮她准备蔬菜和收拾厨房。嗯，还有一点——这个圣诞节妈妈和爸爸送了我们一台 Xbox 游戏机，因为我们喜欢一起玩即时战略游戏。有时我们会表现得有点儿暴力，但我们的出发点总是做个和平的人，尝试协商和妥协。游戏是真实的世界吗？我们可以区分出现实与虚拟世界，大多数青少年都可以。我们会玩电脑游戏，但也会对此感到厌倦，那时便该是我们出门放风的时候了。这正是我们现在要做的，说服布拉希奈德放下自行车，好让我们一起带罗西出门散步。

我们冲进一股旋风中，目标是穆尔洛海滩。到达那里时正在下雨，低沉的天空似乎压在我们的头顶。通常我们会走反方向的那条路，但今天我们向右转，从平整的木栈道上走去了海滩。当我们到沙丘时，布拉希奈德发现了一些角鲨卵箱（美人鱼的钱包）和一根渡鸦羽毛。我找到了一根红隼的羽毛，于是回想起了我在秋天看到的那只。我轻抚着它紧凑的纹路，然后小心翼翼地装进口袋。我以前还从未发现过一根红隼的羽毛。

我们向海岸线走去，路的两边都是沙丘，不知从哪里升起的海雾将地平线整个儿吞没了,所以我们只能看到一条浪花,它卷起白色的泡沫喷涌而出。在海滩上,风吹打着我们的脚踝和脸颊,又猛击我们的腹部。我们迎着海浪跑,又在一瞬间转身,刚好躲开它。洛肯和布拉希奈德发现了岸边的一些海藻,用它们互相拍打攻击着,声嘶力竭地咯咯笑着。我由他们去,自己继续往沙丘上走。

我行走在笼罩的雾气中,它从海浪中升起,用一丝丝束状的卷须裹挟着我。我能尝到海盐的味道,听到海浪不断的撞击声,却看不清前方几米以外的地方。但是我可以感觉到目光无法触及之处的浩瀚,然后我蜷缩栖身在一个完美而完整的沙丘旁。

突然间,薄雾被冲开了,闯入眼帘的是彩虹围巾和帽子:洛肯扮成维京人的模样向我冲过来,我也奔跑起来,我们都冲进迷雾中大喊,为一个更美好的世界呐喊。这呼声一半是重振信心,一半是迷茫绝望。这也是我们对这个世界和对彼此的深厚感情的一种表达。我们手牵手排成一行沿着沙丘的小道一路跑下去。我们现在都是战士了。我们奔向海浪,风吹红了脸颊。在靠近海岸的地方,我们停下脚步,拥抱在一起。有时这样一种感觉会席卷我们:一种无法控制的脉冲,像宝思兰鼓[①]的节奏,伴随着长笛和小提琴,从别处飘来,环绕着我们。风嗖嗖地刮着,我们笑着分开,沿着长

---

① 爱尔兰的一种山羊皮鼓。

长的海滩跑向妈妈、爸爸和罗西。

我们回到停车场,兴高采烈,有点儿喘不过气来。树上有唧唧啾啾的声响,我屏息站在保护区外的栅栏边,透过薄雾,努力辨认那个身影是黄嘴朱顶雀还是赤胸朱顶雀,它们每一只都独自栖息在一根光秃秃的树枝上。发条似的动作,叽叽喳喳的合唱。它们飞起来,落到地面上,又忙着打成一团。一曲歌声穿透了它们的喧闹,像知更鸟的声音那样突兀,不过这是一只林岩鹨,它的喉咙努力地震动着,周围雾蒙蒙的,轻快跳动的乐曲冲破了一切障碍。我轻轻扭动跳跃了几下,因为没人会看见。等我跳上汽车,已经感觉有点儿饥肠辘辘了。

这一天没有忙乱,没有压力,因为用不着布置餐桌(除了圣诞拉炮)和应付聚会的游戏(除了玩跳棋,布拉希奈德的圣诞礼物"沉睡皇后"桌游,当然还有我和洛肯唱着《天际》主题曲时妈妈开始后悔买的 Xbox 游戏机)。晚些时候,我在妈妈的手机上翻看在穆尔洛海滩的照片,又看到了被狂风吹打的滨草、风蚀作用雕刻的沙丘。虽然我们在广角镜头里显得那么渺小和微不足道,但仔细看,你会发现我们是那么有活力。

一天结束之前,妈妈在烛光下为我们朗读《黑暗正在升起》这本书——她的声音比平时更有感染力。也许是红酒的作用。

一月四日　星期五

　　傍晚时分，我们的目光追随着赤鸢从一棵树飞到另一棵树，从一片田野到另一片田野。远远望去，它们好似雕像一般栖息在那里。目前为止，我们一共找到七只赤鸢，可见许多已经从去年这个栖息地搬走了，但是现在离另一些来新地方安家的季节还早了一点。我惊奇地发现了一只白化鸟，通体雪白，在树木的映衬下格外醒目，却与天空融为一体。

　　我们和朋友诺玲在一起，她知道有关赤鸢的所有秘密。我是去年这个时候在做赤鸢栖息地调查时认识她的。我很清楚地记得，那日的天空和今天一样晴朗，夜晚的星空在蒙恩山上闪耀，赤鸢在我们头上几米处悠闲自在地飞翔。它们缓缓地划过天空，我甚至都能感受到羽毛拂起的微风，这让我有机会分辨它们的细节并标记记录。一切都令人叹为观止。我们数了数，在那个夜色幽蓝的晚上一共有十六只赤鸢。

　　赤鸢是第一个拨动我心弦，并吸引我进入猛禽世界的鸟类。六岁时，我开始阅读和尽我所能地学习有关它们的各种知识，并琢磨如何才能靠近它们。因为我想了解它们，帮助它们。在北爱尔兰，赤鸢曾一度灭绝，直到二〇〇八年，人们才从威尔士捕获了一批赤鸢，并将它们重新引入蒙恩山。在此之前，由于遭到大量猎杀，赤鸢已经在北爱尔兰消失了一百七十年。现在我们才能再次看到这些华丽的燕尾鸢，享受它们成群出入我们的视线，遨游在我们的想象中。

赤鸢回归的十年以来，它们的故事犹如一幅充满绝望、忍耐和希望的织锦。这里有人对它们投毒，还有人开枪。但更有一些具有奉献精神的人一直拒绝放弃，现在周围社区的人们正在保护赤鸢，他们无比自豪地加入"我们的鸢"的保护活动中。我觉得自己也是这个社区中的一员，能回这里见证它们的翱翔是一种特权。我永远不会对它们展翅感到厌倦。

我们又看了一会儿，直到妈妈提出她很想看欧椋鸟。她观察到远处有一小群正开始聚集。眼下正是属于椋鸟的季节。她告诉诺玲和另一名志愿者，我们在这附近寻找著名的欧椋鸟栖息地，但到目前为止，除了几只流浪的和掉队的，还一无所获。诺玲微笑着告诉了我们新位置。

赤鸢缩在树上纹丝不动，看上去一心要待在原地。我不甘心就此离开，对今晚看到的景象不如去年那么壮观而感到失望，但当我们驱车离开时，心里竟涌现出一种熟悉的兴奋感。我从未体会过椋鸟的季节，因为我们总是出现得太早或太晚，或者在正确的时间出现在完全错误的地方。也许时机就在今晚。赤鸢能带我们找到欧椋鸟吗？

汽车沿着两边布满荆棘的窄路上坡，透过车窗可以看到远处的田野和树木。山路陡降，似乎有一团黑色的云在移动。妈妈把车停在路边，我们下车听到了翅膀的拍打声，这声音打破了乡村的寂静。它们在我们的头顶越聚越多，像一阵风，在牛棚的屋顶上忽起忽落，而棚下的牛正忙着嚼食青贮饲料。它们盘旋着继续向山上移动，我们在后面追随着，感觉空气在肺里剧烈地撞击。我们在山楂树枝交错的树篱前停下，抬头望去，看到椋鸟群的影子呈漏斗状掠过天空。它们拍打着翅膀融为一体，不时变换着形状。为了安全，它们聚拢在一起，像有磁场一样，但当一只游隼穿越它们时，这股磁力消失了。椋鸟群想努力挽回，然而徒劳无功，它们被冲散了，摇摇摆摆地滑行着。忽然游隼号鱼雷再次发射，然后它就消失了。令人惊叹，也许是它完成了任务。

当欧椋鸟重新集结时，我们无法知道其中一只是否被抓走了。天色越来越暗，椋鸟群依然在聚集和低吼。石灰色的天空下，它们的身形如折纸一般。当椋鸟的情绪逐渐平息时，妈妈和我看到它们逐渐降落在柏树上，起初是一小群，然后突然一起消失在了夜色中，带走了夜晚的余温。取而代之则是深深的寂静，把黑夜变成了玄武岩一般。我们激动地开车回家，一路上我们的微笑、交谈和"哦，我的天哪"的感叹照亮了漆黑的夜晚。

一月十三日　星期日

几天前,我们经历了持续的升温天气,它召唤出了一片小花菱草,早得令人难以置信。我不能为此欢呼,因为这太不真实了,它们仿佛是生长在一个非同步运转星球的隐蔽处。

今早我觉得筋疲力尽。这些天,我要做化学作业和复习,化学是晚上的主角。上学的事还算可以应付,但内心仍有其他煎熬。社交互动又开始影响我了吗?无论在现实世界中还是虚拟网络上,不断地有人问我问题。这让我难以承受。我处理事物的能力变差了,大脑中出现许多空白。这让我焦虑。我刚设法做一件事——一场演讲、一篇文章、一次采访——另一件事就接踵而至,就像多米诺骨牌。事情不断涌现,我开始打破自己的做事规则,但是大脑开始短路了。太多的事情。我需要重启和重建系统。这时候,我就不得不把自己拉到外面去,脚步迟缓,像灌了铅一样。每日周而复始,感觉这样的日子无穷无尽。我试图通过走路和写作来梳理情绪。在大多数日子里,我每天至少去步道和海滩散步一次,或到森林公园去吹吹风,寻找灵感。我把情绪写下来,表达出来,这样能帮助我理解这个世界。笔记上的涂鸦和记录已经变成了生活中的必需品。我需要从某个地方、某件事上获得能量。

一月十九日　星期六

母鸡山上，在高高的云和花岗岩之间，我一直兴奋地奔跑。面对渡鸦之地，当惬意又坦荡的风吹上脸颊时，我找到了需要的能量。到达山顶时，我看到爸爸，才意识到我们走得太快了，需要休息一会儿。今天只有我们三个人：洛肯、爸爸和我（布拉希奈德想待在家里和朋友们玩；妈妈不情愿地留下陪她）。

那条通往母鸡山及邻近公鸡山和鸽子岩的路很陡。不断地向上攀跑时，能感受腿部力量的拉伸，我们需要爆发力来快速伸展腿脚。这是洛肯梦寐以求的攀爬，又快又刺激。他想长大后成为一名山地跑者，我完全可以从他此时的表现看出这个梦想。当能量释放时，他变得不一样了。这里不像总是挤满了人的斯列维马克山那样难以尽情玩耍，这里的游客在冬天特别少。也许母鸡山正成为我们新的戈特马康奈尔观景点或基利基根自然保护区，一个成年人的"游乐场"。

在山顶上，大自然刻画出的花岗岩斜槽已深入岩心。三块出露于地表的岩石，经过火的锻造、时间的雕琢和风化，形成了王冠状。我的手在粗糙的岩石表面摸索，虽然感觉不到湿气，但手上还是留下了潮湿的痕迹。山留下了它的印记，水分在我身上传递；每一次触摸和刺激都滋养着我。

两块像牛角的岩石之间有一小块泥炭沼泽，冬天里也未干涸。我把手伸进去，感受着泥炭的寒冷。指尖上的感觉让我想起了谢默斯·希尼在《一个博物学家的死亡》中写的一句话："如果我敢把手伸进去，就会被蛙卵一把抓住。"我们需要等到春天再来看看是否有蝌蚪在游动。

每当站在高山上，我都跟自己约定：把人类所有的烦恼、问题和思绪都抛诸脑后。它们不能阻挡我对大自然和对这个地方的体验。学会做到这一点需要巨大的努力，而且并非每次都能成功，但这样做会让一切都清晰可见。我慢慢收集周围的每一种气味、声音、震颤和摇曳，直到这些占据了我脑海里所有的空间。

人们问我为什么对自然有如此强烈的感受，事实上，我只有在后来把它全部写下来时才能明白我的体会。强烈的感觉迸发出来，让我再次感受到了大自然的一切。我通过在纸上勾勾画画或是把它们敲到电脑上来重温那些时刻。我不需要思考太多；所有的细节都在脑海里，每次都让我感到惊讶。站在高处时，我什么都不想，只用心体会和观察。大脑里的相机不停地拍着公鸡山上蓬松的云朵、花岗岩上镂空的凹痕里积蓄的雨水、公鸡山和鸽子岩周遭的阴影……所有那些吸引我眼球的东西。

我们从一些露出地面的岩石上跳下去，而另有几处与下面的地面有十米的落差，我们坐在这些岩石的边缘，腿悬在空中，感觉下面空荡荡的。这一切让人心生喜悦。当我们攀爬到一块较大的岩石上休息时，一只渡鸦落在洛肯附近。我能看清它的每一根羽毛，在阳光下闪烁着紫黑色。我从来没这么近距离地观察过它们。感觉我的心脏要迸裂了，或者正在失去它的节奏。我平静下来，侧耳倾听。我能听到风轻拂着它的羽毛，还有喉部羽毛竖起的动静，以及它那令人难以置信的黑眼睛，眨也不眨。洛肯（仅此一次）说不出话来。他紧紧地握着我的手，控制着想喊出来的冲动。它在我们这里停留了大约一分钟，像马拉松那么长的一分钟，山中的一分钟。因为时间在这里慢了下来，没有匆忙，丝毫不用着急。我听到头顶有翅膀拍打的声音，另一只渡鸦轻柔地飞起。我注视这两只嘎嘎叫着，一起越飞越高。洛肯和我可以躺下来，释放我们一直压抑的一切。

重建自我尚未完成，但我觉得自己更坚强、更放松了。我的笑容肯定也更灿烂了。

一月二十日　星期日

　　昨晚睡得又深又沉。几年来这样的睡眠屈指可数。这让我今天早上神清气爽，精力充沛。妈妈说她需要出去走走，去一个比平时远一点儿的地方。她建议去沃德城堡，一个因《权力的游戏》而出名的英国国家名胜古迹信托财产。我年龄尚小，还没看过这部美剧，但我能想象那些城堡、庭院、炮塔……当我们到达时，洛肯看到旅游巴士和穿着戏服四处走动的人，不禁发出痛苦的声音。这些人都想在屏幕前展现出一点奇幻效果，然后把自拍照发到网络平台上。我希望他们能明白奇幻其实无处不在。

　　在等待一辆大巴下来的人群往前走时，我们坐在一条长凳上，眺望斯特兰福特湾。声音随风自水面上吹来，我们可以听到红腿鹬的啼啭和麻鹬的哀鸣。我看到其中一只用弯曲的喙戳着泥巴，四下觅食。有趣的是，红腿鹬和麻鹬都有可弯曲的喙。它们喙的最前端可以独立向上弯曲，这被称为上喙最前端弯曲。这种活动方式使得上喙即便埋在泥土或湿沙中也能张开并抓取食物。这些自然演化令人着迷，叹为观止。

晚些时候，当我们探索城堡和地面时，发现了一只蠼螋正和它产下的卵一同栖息在一堵旧墙的石头下面。旧墙的大部分被常春藤叶形状的柳穿鱼（也被称为大叶落地生根植物）覆盖。它原产于南欧，但几百年前就在爱尔兰落地生根。如今，常春藤叶子和三片金鱼花瓣长满了沃德城堡的角落和缝隙。在这片植物中，雌性蠼螋会围绕着它那一堆奶油黄色的蛋巡逻——它们是勤劳的母亲，如果巢穴被打扰，卵被四散拨开，它就会将它们重新聚拢在一起，然后继续站岗守卫。旧墙中的土鳖虫则是重要的伐木者。它们能分解、回收、整理腐烂的物质，是错综复杂的生态系统中至关重要的组成部分。

对昆虫来说，一堵墙就是整个世界，就是冬天里充满生命的宇宙。靠近，仔细观察，会让一切生命都呈现在眼前。而最小的生物都有可能是最有趣和最值得观察的。看完墙里的小剧情，许多问题的答案浮出水面。土鳖虫看起来像坐碰碰车：似乎是在杂乱无章地跑动，但也许并不是。我记得在贝尔法斯特家的花园中发生过一场蜈蚣和蠼螋的战斗。我趴在地上观战，那场面牢牢抓住了我，不知道持续了多长时间，但最后蠼螋刺穿了蜈蚣的身侧。我没有因为死亡而难过，因为我知道这是自然，是平衡，是墙形宇宙的秩序。

二月三日　星期日

从斯图尔特山自然保护区可以俯瞰斯特兰福特湖,我在一棵大橡树下体会着一切。我能听到黑雁呷呷地鸣叫,声音与从岸边吹来的狂风交织在一起。空气刺骨寒冷。天空晴朗,呈鸭蛋蓝色。树枝看起来晶莹剔透得令人惊叹,好似复杂的地图或向空中延伸的树突。如果能更多地使用树木来引导和告知我们,让我们了解社区和互联性的内涵就好了。

一只欧亚鸳在橡树前的田野上翱翔盘旋,另一只也加入其中,它们一起飞翔,盘旋着追逐求偶,互相拍打着爪子和翅膀,时而上升,时而下降。这种令人着迷的表演引起了我的些许悲伤。世界上有些事就是这么美好。我需要抓住这些时刻,来阻止自己消沉。

二月已经来到了,有一连串的事情要做。我的化学考试已经结束了;我刚从伦敦回来,去参加另一场演讲和活动。疲惫的状态开始显现。特别的事情之一是在伦敦动物园见到了环境部长。不出意料,他迟到了,而且很晚才到的。他的演讲很有说服力，说得很轻巧。但有时候，言语实在是太轻易了。它可以变化，很快被遗忘，不需要付诸行动。那天部长做出了宏伟的承诺和计划，但现在它们都到哪里去了？他没有留下来听我或其他年轻人的演讲。没过多久，有关这一切就消失殆尽了，好像他从来没有出现过似的。

幸运的是，动物园花园中的加拉帕戈斯象龟挽救了这一天。抚摸着它们坚硬的外壳，感受着光滑对称的图案轮廓，让我松了一口气，剩下要做的只是给部长和动物园拍拍宣传照。其实对我来说，这是一个接近伟大生物的机会，有三只加拉帕戈斯象龟，我原来只在电视上见过这种世界上最大的陆龟。想到达尔文曾骑着它们，我都不能自已，更不可能想吃它的肉了。

就像我被邀请参加的其他许多活动一样，在伦敦的那一天感觉就像蜻蜓点水。孩子们被邀请"发声"，分享他们的想法、希望、梦想和痛苦，然而没有实质性的作用。大人们从不邀请我们坐下来一起制订计划。我们双手奉上自己的热心，却没有回应。至少没有变成任何可付诸实施的东西。从全球范围来看，一九七〇年以来，我们已经失去了百分之六十的野生物种。我们这一代被贴上了"冷漠""自我放纵""不关注"的标签！然而，实际上是成年人掌控着我们与野生动物的关系，掌控着繁忙的道路、房地产开发和绿地之间的界限，他们继续花费着公共资金，并做出与自然冲突的决策。

鸿沟在不断扩大。这感觉就像一颗定时炸弹，随时可能毁灭一切。难怪四分之一的年轻人正经历着心理健康问题。我们的世界在成就、物质主义和自我分析之间分化得日益严重。我们与自己、与彼此、与世界的关系正处于一个转折点。这个世界错综复杂，相互依存，又有内在关联。那么精细。而大型组织、经济发展和生活在地球上的物种之间的权力斗争正变得失控，以至于很容易让人变得不知所措、沮丧和孤立。

我一直在和这种趋势斗争。有时我的心跳快得像蜻蜓扇动的翅膀，我的心理健康受到了影响，因为无处表达这种无所作为的绝望感。我与自然世界的紧密联系确实抚平和缓解了这种软弱无力的情绪。当沉浸在大自然中时，我很少关注自己，而是更有意识地去注意周围的其他生物——树木、植物、鸟类和其他哺乳动物（如果我们足够幸运，能够遇到的话）。与它们相遇让我深感快乐，也许正是这些，让我清楚地了解到我们都应该出一份力来照顾和保护壮丽的美景。每个人都是大自然的监护人。

我还发现，本地层面和周围的环境是我发起行动最有效的地方，我可以成为寄托希望和做出改变的力量。当我在学校成立生态小组时，我不知道是否会有人参加，以前在另一所学校建立环保组织的艰辛让我心有余悸，我以为其他年轻人并不关心这些。然而我大错特错了。我同时意识到老师们往往只能提供非常有限的帮助。尽管我们仍需要他们和其他成年人的帮助,但我们自己也可以采取行动。生态小组现在已经挤满了各个年龄层的人,那些加入的人告诉我,成为小组的一员,把想法付诸行动,分享自己的感受,并为之奋斗,让他们的感觉很好。也许他们只是在等待机会,也许我们都需要更多的机会去做有意义的事情。

在这个快节奏且竞争激烈的世界里,我们需要脚踏实地。我们需要感受大地,倾听鸟鸣。我们需要用感官来融入这个世界。也许当我们把头撞在砖墙上的次数足够多时,砖墙就会土崩瓦解;也许这些瓦砾可以用来重建更美好、更美丽的世界,让我们拥有自己的野性。想象一下吧!

二月十五日　星期五

我从未在冷风中如此安静地站立过。在一个上课的日子里，我独自穿着校服、戴着手套，手里拿着两块牌子，上面写着"为自然而罢课"和"为气候而罢课"。天空中一片云也没有，然而这个冬天最强劲的风正在吹着，它挑战着地心引力。风吹着我，把沙子吹过纽卡斯尔海滩的防波堤。我站了四个小时。面对贪婪的世界，对抗着那些只索取而不给予的人。他们偷走了我的希望，也偷走了未来几代人的希望。后代们将继承一个贫瘠、衰落和匮乏的星球。人们停下来问我为什么这么做。路人、老师、家长和电台都想"采访"我。我没想到会是这种局面。他们想谈论的不是问题，而是关于"我"和"我的感觉"。不是科学或事实。不是令人憎恶的气候变化和大规模灭绝，也不是为什么世界各地的年轻人被迫采取行动——那些高度重视教育的年轻人，不得不采用罢课这种方式反对这种不作为。不过，我不支持世界末日的说法。我不会那样，因为我每天都能看到这么多美丽的东西，这是一种巨大的特权。但我永远不会质疑任何人的悲伤或恐惧，因为那些也是真实的。在正在显现的气候灾难中，数百万人的生活正面临着前所未有的危险。他们的经历是真实的，他们的恐惧也是真实的。五年后、十年后，巨浪会淹没我身后的海堤吗？那些住在海边的人会受到什么影响？正因为如此，我加入了其他人，就像格蕾塔·通贝里和全世界成千上万的人一样。在妈妈的祝福和学校的默许下，我走出了学校。虽然我知道他们都以我为骄傲，但他们不能表现得像是在鼓励非暴力反抗。妈妈陪着我，在我回学校之前给我买了一杯热巧克力。我冻僵了，浑身都麻木了。但带着我举的牌子回学校很重要，我需要告诉其他学生这么做的原因。现在回想起来，我想知道它的效果如何。难道他们感兴趣仅仅是出于同学间的友情吗？还是好奇我的叛逆？那种我必须做点什么的感觉已经憋了好几年了。这一举动比我做的其他事情引来了更多的关注，超过我为猛禽做的工作，以及所有演讲和所有作品所获得的奖项。这样做是更有力量吗？大人们都在说这一代社会活动家是多么了不起，他们在社交媒体或传统媒体上称赞我们的行为，而他们自己却在做什么？我们这代人被激励了，这一切令人兴奋。然而，大众对"领导者"的寻找与认定却不合情理。气候领袖。年轻的领导人。这种期望似乎很荒谬。看来我现在被认为是其中之一了。只不过是站出来参加一次活动而已，我就被加冕了，这不可思议。那才不是我，根本不是我。

二月十七日　星期日

去年一月底，我看到了第一只青蛙。当时我们在奎尔卡山徒步，它跳跃着穿过了我们前面的小路。气温还不足五摄氏度，但它在结冰的地面上显得心满意足，之后消失在了石南丛中。今天早上，比去年晚了将近一个月的时间，我在树莓丛的阴影里发现了一只青蛙，它皮肤紧绷，四肢牢牢地蜷缩着，待在烂泥中腐烂的橡树叶上。我等啊，等啊，等它动起来，然而青蛙的耐心和决心超过了我，它纹丝不动，我们却急着赶路。

我们在 M1 公路旁边的一个自然保护区——泥炭地公园——短暂停留，休息一下再出发去费马纳郡。我们要去那里为吉姆外公庆祝生日。他今年七十岁了。能再次拜访他与帕梅拉外婆真是太好了——自从我们搬到东部的邓恩郡后，就没怎么见过他们，而他们总是那么盼望和我们在一起。外婆比外公大几岁，精力却跟只有她一半年纪的人一样充沛。外公有一双闪亮的眼睛，还有最善良的灵魂。再次西返，半是还乡的喜悦，半是心碎。

泥炭地公园小憩安排得称心如意，到达之前，我们可以（和青蛙一起）伸展一下腿脚。车继续前行，我的思绪飘回到最初和外公在一起的日子。那是我们在费马纳郡参观克罗姆庄园的时候，洛肯还没有出生，但回忆的画面仍然十分清晰：我们走在通往废墟城堡的一条小路上，这座城堡坐落在高高的河岸上，可以俯瞰厄恩湖。我俯身听蚱蜢叫，没有留意到蹲在草地上太冷了。我还记得外公牵着我的手告诉我，他在哪里出生，如何每天步行几公里去上学。他告诉我，他的父亲怎样制作马鞍和书包，如何递送邮件。我被他抑扬顿挫的声音和温柔的性格迷住了。

妈妈认为这些是我从照片上杜撰出来的记忆，因为那时我还未满两岁。但我坚信这是真实的。也许当我逐渐长大，经历了更多的事后，给它添加了一些新的记忆，但那一刻确实给我留下了深刻温暖的感觉。我确信我的咿呀学语是从"你知道吗"这句话开始的。我很早就开口讲话了，这对家里每个人都是挑战，因为我总是不停地说话，不断问问题，重复讲关于太空或一只土鳖虫的事。外公很有耐心，他总是倾听。我们一起散步时，草坪上长长的草轻抚我的腿，像挠痒痒一样。通常，我去当地的公园或游乐场时，会遭到讥讽和嘲笑，因为我渴望传递信息，喜欢交谈。这种行为并不受欢迎，让我成了被欺凌的目标。但和吉姆外公在一起时却不同。他倾听着，和我交谈着，还把我抱在臂弯中看城堡。我们一起摸着石墙，我亲吻他的头。

那天是我最初的记忆之一，我温柔地、牢牢地记住了这些。那天离开时，我看到了外公眼中的悲伤，妈妈拥抱了他，那是她的爸爸，永远都是。我不记得去了城堡之后，是否又停下来去看他的小屋。但妈妈告诉过我，去克利夫十字的道路弯弯曲曲，一直往乡下开，就能看到粉刷成白色，跟工具棚差不多大的房子。显然我无法相信那里面能装下那么多人。在我想象中，小屋周围的乡村是完美的，那里天空开阔，到处都是山楂树。

我现在比外公高了，当我们到达酒吧时，大家都在互相拥抱和问候。我紧紧地拥抱着他和外婆，因为生命是脆弱的，也美丽得让人心痛。

三月三日　星期日

我们住的地方离山很近：康梅达山、斯列维多纳尔山和伯纳山主宰了我在学校的每一天。被它们包围的感觉很好，更棒的是能像我们今天早上那样，心血来潮地向它们冲去，因为连绵的雨已经消退了。

我们驶向斯利夫纳曼路的一个停车场，这样我们可以在奥特山闲逛一下，只为了撵走连日的阴雨天留在体内的昏昏欲睡。汽车向上开的时候，天气陡然变化，过了前面的山头，我们驶进了暴风雪中。挡风玻璃前一米的距离都看不清了。这是意想不到的状况，很可怕。但幸运的是，我们刚好看到了停车场的入口。

这是我整个冬季经历的唯一一场雪，所以我们从车里出来，不是散步，而是去感受。在我们的舌头和脸颊上。雪让所有的声响都销声匿迹了，它为心灵创造出巨大的空间。只有在这种天气下，我才能如此清晰地感受当下。通常，周遭的环境对我而言是可怕的，因为画面、声音和感觉会一下子冲垮我。感官过载意味着我无法恰当地处理大部分的经历和感受，直到每一天晚些时候，在黑暗的房间里，当我重温一切，才能把它全部倾泻在纸页上。但在雪中，事情就变得不一样了。膨胀的思想在此刻分崩离析。颜色少了，深度少了，所有东西都少了。这真是一种神奇的体验，与世隔绝，感觉却更强烈。即使在呼啸的寒风中，在铺天盖地的暴风雪中，我的思绪依旧在不停翻腾。我能感觉到神经元之间发出的信号。我能听见，真的能听见。我可以同时思考、说话、感知和行动，而不是从一个过程笨拙地撞入另一个过程。当我解释这种感觉时，永远不知道别人是否理解。恐怕唯独我才是真正了解这种感觉的人。可是我认为我们对雪都会有这种反应，只是强度不同而已。

　　大地的新色调显示出鸟类的足迹，我突然回想到自己个子比较矮的时候，那时离地面也近。我从家出发，沿着雪地上狐狸的足迹，穿过马路，来到贝尔法斯特的奥尔莫公园。那是另一个星期天的清晨，路上没有车，没有人，也没有任何声音，只有狐狸的踪迹。洛肯被背在吊袋中，因为他前一天晚上不睡觉，特别疲倦，而且也走不远。我们从未找到那只狐狸，但那并不重要，因为我们在寂静的城市中度过了我在那里生活的八年中最安宁的一天。我永远不会忘记那天。我记得我把手伸进雪里，想看看是什么感觉，然后又像一只穿着雪裤的小狗一样在里面打滚。我笑了，如释重负地笑着。

　　从斯利夫纳曼路的停车场出发，我爬上几级石阶，找寻更好的视野。雪花眼花缭乱地飞舞，打着旋。我的脚深陷了下去。除了光秃秃的树干，到处都是白茫茫一片。我仰起头，感受雪带来的刺痛和味道。我想多待一会儿，但爸爸担心我们的回程。我们得走了，就这样，我们下了山，钻进车里，开走了。暴风雪和白色世界消失了。一切恢复如旧。一块湿漉漉的残迹在地上闪闪发光。没有其他雪的痕迹。它真的来了吗？还是我们做了一场梦？我的靴子上还沾着雪，我的手依然红肿，这是纳尼亚的证据。我们在那个美丽、陌生而又熟悉的世界穿梭过。也许这是冬天的最后一吻，我很高兴曾抬头与它相遇。

三月二十一日　星期四

森林正在舒展开来。银莲花和蕨类正从坚忍的大地上、从幽暗而古老的地方萌芽。冬日的寂静过后，晚祷声正在响起，空气中一度飘满了音乐。风信子刚刚露头。春日的阳光和温暖正穿过山峦向我袭来。我曾经拥抱黑暗，但现在这种光明的感觉是令人陶醉的、爆炸性的、鲜活的。到了三月，我往往会等不及，渴望春天的到来。但这次不一样，我沉迷于每一天，沉醉于每一刻。

明天，我将和其他学生一起走上贝尔法斯特的街头，和许多人一起发声，而不是像上次那样独自一人。我更乐于参与这种形式的活动。集体的非暴力反抗更好！我不必承受太多的压力，也不会吸引太多的关注。生态小组的工作很快会暂停，因为今年我要准备英国普通初级中学毕业文凭考试，但是我们还会在学校里发声，利用午休时间，聚在一起挂起横幅，传播环保意识。我兴奋不已。我从未有过这种感觉，它如此陌生、清新和振奋。不知道是不是因为一直在忙碌的原因。我在采取行动，大量集中学习野外经验。而且我舒怀了，感受到了更多的东西，我敢说，我的情绪更加稳定了。永远不要停滞下来，永远不要盲目地认为一切都是理所当然的。我认为这种理所当然将是灾难性的。我知道一切都可能随时改变，但似乎还有更多的事情正在融合。

上周日，在圣帕特里克节期间，我们前往格伦达洛朝圣，这是一个冰川山谷，有两个湖泊和一个由我的乌鸫圣人圣凯文建立的古老修道院。这是我第一次来，我只想体验孤独与宁静，但这是不可能的。站在那座桥上，望着奔腾不息的格伦达桑河，河水在巨石上泛着泡沫，流向那座约十米高的圆塔，我看到人们四处游走，无处不在。但我也是其中之一，圣凯文的朝圣者。完全感觉不到他们是来此处寻求抚慰的，他们蜂拥而至，用手机不停地咔嚓咔嚓照相，发出嘈杂的声音，从一个教堂冲到另一个教堂，然而也许所有人都和我渴望着一样的东西。

我为这个地方着迷，墙壁上长满了金发藓和地钱门，花岗岩上覆盖着苔藓和蕨类。我们慢慢地走着，发现一潭蝌蚪，又停下来聆听放开歌喉的槲鸫在层层相叠的橡树、冬青、榛子树和花楸树下歌唱，那里还有风信子、银莲花和酢浆草，灿烂夺目。阳光明媚，一切都是金色和绿色的，叶面满载着清晨的一场雨。我走了进去，外界的声音和不协调的轰鸣声减弱了，我融入了自然环境中。布拉希奈德也像在天堂一样，她抚摸着凹凸不平的树皮，把脸颊贴在一根长满青苔的大树枝上，她坚持说能听到树的心跳。我能从她的眼神里看出来，她真的感觉到了。

绕着下湖转了一圈后，我们选择了最长的波拉纳斯瀑布线路，到达里福特教堂时，只剩我们自己了。四周静悄悄的，我们爬上一段石阶，来到圣凯文石室。如今这里只剩下地基了，一圈竖立的石头。那儿还有一块花岗岩石板，上面刻着低垂的眼睛、高贵的鼻子和浅浅的微笑。当注意到一只雕刻的手和一只鸟时，我真的没有准备好面对如此强烈的情感。一只乌鸫，我在微微发亮的石英上触摸和勾画着它的形状。就在那里，在一块突起物下面，有一只瓢虫在休息。一只橙色的瓢虫，在圣凯文头顶上寻求庇护。

家里其他人继续朝瀑布走去，而我则待在原地，背靠石头休息。我望着湖水，浑身战栗如水獭一样。我想起了圣凯文，想到他从隐居之地到人群中生活，从独自一人到与人为邻的漫长旅程。这一路他一定是找到了既能自我修炼，又能为任何需要的人提供帮助的途径。我想知道当越来越多的人来到这里，他是如何在寻求安静和开展公共工作之间平衡，以及如何把剩余时间分配给修炼和自然、石头和鸟类的。

我伸出手，感到风在挠痒痒。一只乌鸫也许永远不会选择在我的手掌上筑巢下蛋，但我知道我的手会永远向大自然和人类伸出。因为我们并没有脱离自然，我们就是大自然。

如果没有社区，当你总是独自一人的时候，分享想法和成长就更加困难。我习惯于把想法锁在里面，那个只有我和家人的地方。但是现在有了同心圆，从数字的、虚拟的世界延伸到实际行动、社会活动和相互作用的真实世界。它泛起涟漪、向外延伸。我不得不随波逐流，但我需要后退，回到自己的基石。

春分来了又去了，十五岁的生日也快到了，我现在处于童年后期和成年之间。一切都变了，又什么都没变。我再次与谢默斯·希尼的文字产生了共鸣：

凯文感觉到暖暖的鸟蛋、小小的胸脯、蜷缩的
漂亮脑袋和爪子，然后，他发现自己被连接
到了永恒生命的网络之中……

几年前的春分时节，我们参观了位于费马纳郡博亚岛的卡尔德拉墓园。一个隐蔽的地方，藏在湖岸后面，周围环绕着一圈树。到处都是风信子，人们曾摘下一些放在早期基督教双面神雕像头部的凹陷处。这些差不多有两千年历史的双面雕像都凝视着远方，一面回顾过去，一面眺望未来。这就是我那天的感受。我那时十三岁，虽然年龄和个头都很小，但思想很宏大。我把手放在石头上，感受来自祖先的阵阵呼喊。这像是妈妈为了警告你有生命危险，责备你时可能会发

出的声音。紧迫、恳求。将手放在脸颊上时，我感觉到了它的热度。

在博亚岛和格伦达洛，跟随圣凯文留下的痕迹，我感到一扇大门打开了，要做出的选择和脚下要走的路都清晰了。我渴望花更多的时间与纷繁的自然相处，远离人与人的互动和复杂。我渴望这种简单，但我也想走出去，向这个世界挥手致意，不管这可能多么难以应对和痛苦。自然与我们，虽有冲突，但相依相存。

我奔向家人，加入他们一起走完格伦达洛徒步的最后一段路程，圣凯文和乌鸫留在了身后，一道耀眼的阳光笼罩着我们，用看不见的细绳把我们和大地连接起来。一根又长又粗的线将被投射到这个世界。我的心打开了，我准备好了。

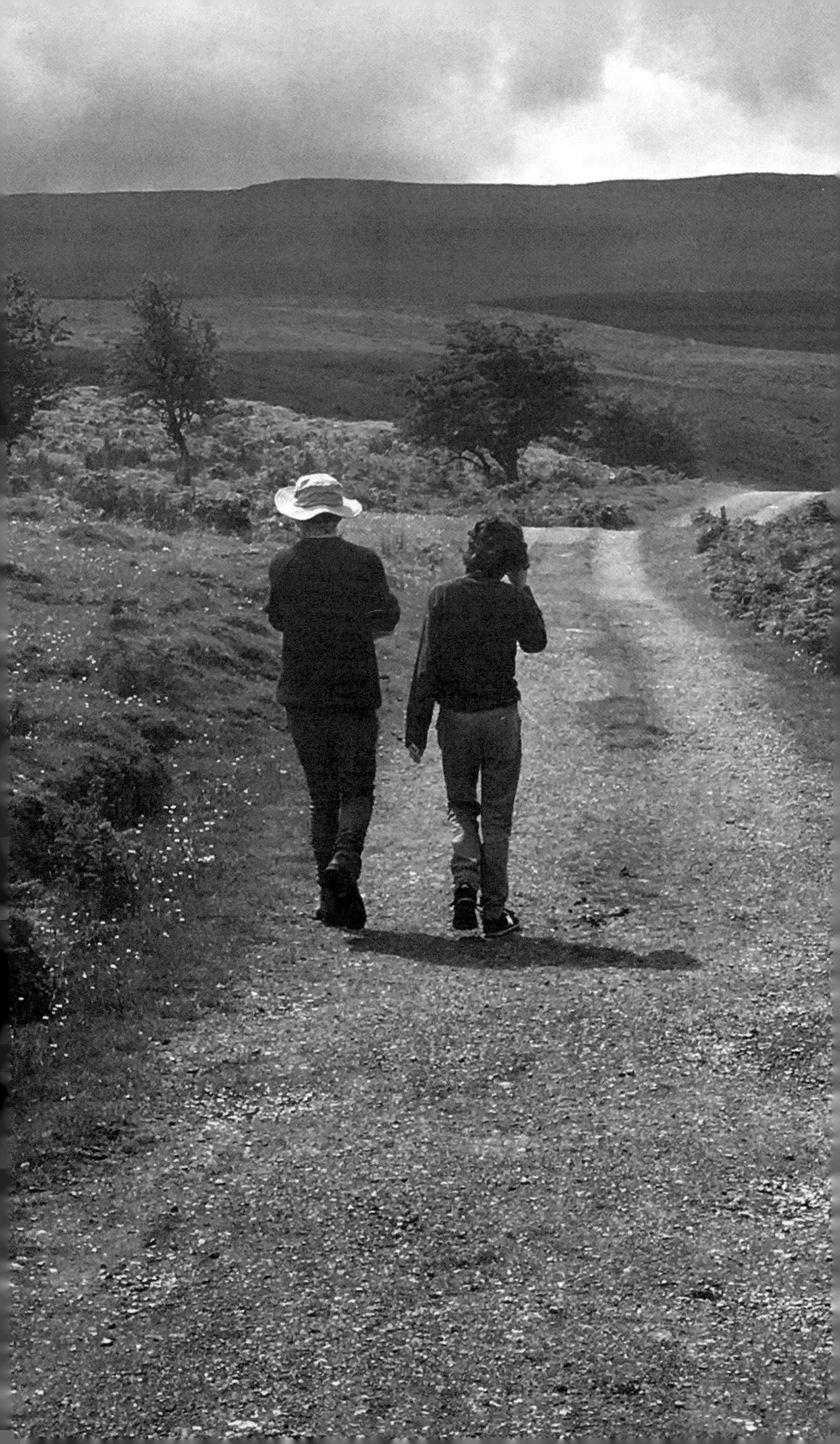

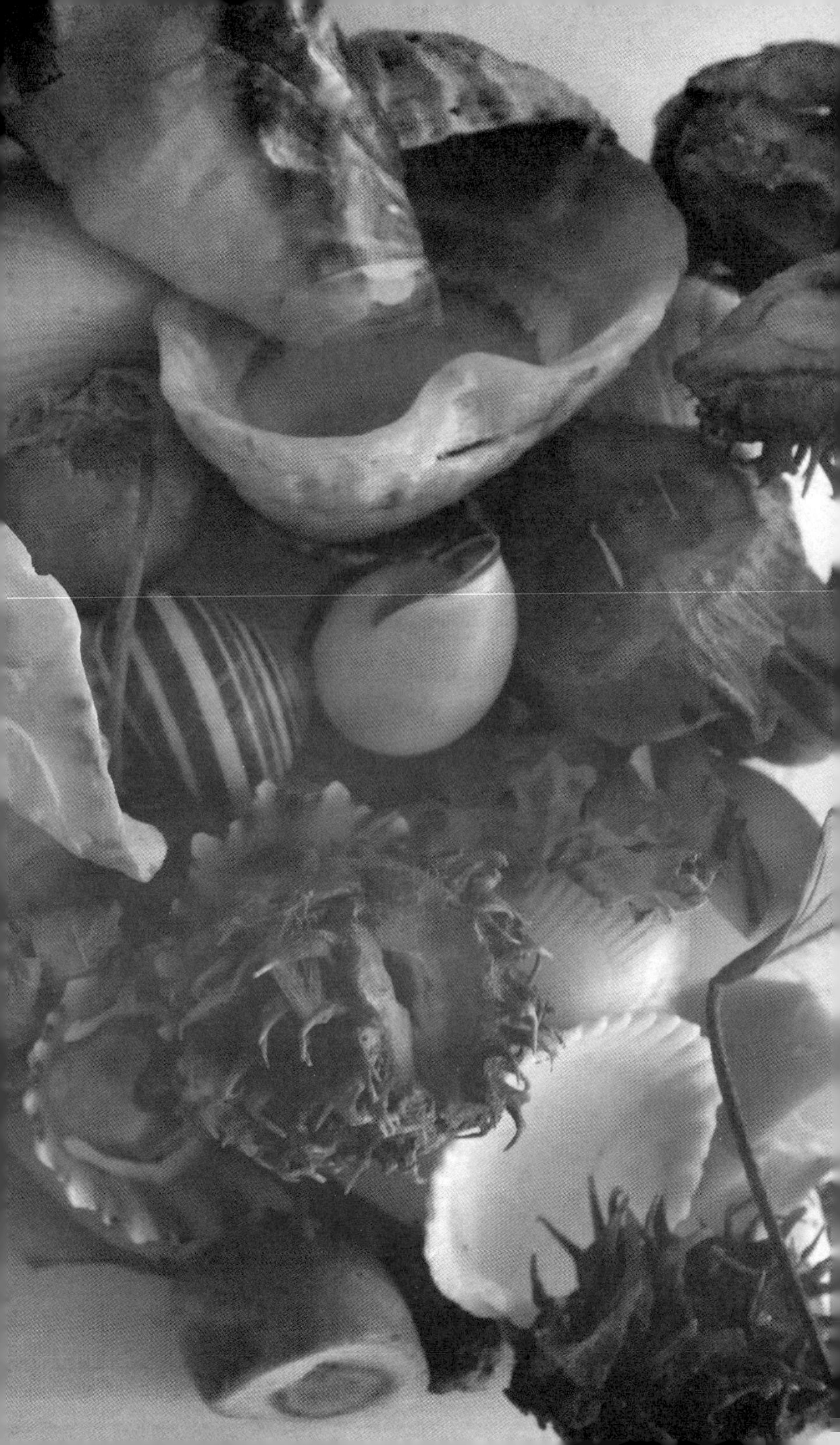

特殊词汇表

女妖（Banshee）

在爱尔兰语中意思是"女妖"。女妖被认为是厄运的预兆，她们的叫声令人毛骨悚然。根据传说，如果你在湖边遇到一位变身为老妇人的女妖，正在清理衣服上的血迹，这是对你或你家人即将死亡的警告。

贝奥武甫（Beowulf）

被认为是古英语文学中最重要的作品之一，尽管确切的创作日期尚不可知——幸存下来的手稿可以追溯到十世纪末到十一世纪初。

山峰（Binn）

爱尔兰和苏格兰盖尔语中的山峰，尤指高耸的山峰。通常被英国化为 Ben。复数形式是 Beanna。参见斯列维（slieve）。

布拉希奈德（Bláthnaid）

在爱尔兰语中是"盛开的花朵"的意思,"Blath"在爱尔兰语中是"花"的意思。

博阿岛（Boa Island）

巴德赫的岛屿。巴德赫意为"腐尸乌鸦",是凯尔特战争女神的名字。博阿岛位于厄恩湖中,又长又窄,通过两座桥与大陆相连。

宝思兰鼓（Bodhrán）

一种山羊皮制成的爱尔兰框架鼓,常在爱尔兰传统音乐中使用。

布兰（Bran）

布兰(在爱尔兰语中是"乌鸦"的意思)和西奥兰是英雄芬恩·麦克库尔的传奇爱尔兰猎狼犬。他们的母亲图伊伦被一名仙女变成了一只猎犬。

凯恩（Cairn）

人为的石头堆。在爱尔兰这种石头堆通常指史前墓葬纪念碑。

河漫滩（Callows）

来自爱尔兰语"caladh"，这是爱尔兰的一种季节性淹没的草地湿地。

凯文（Caoimhín）

达拉的第三个名字（英文译为凯文）。凯文是六世纪重要的爱尔兰圣人，他建立了格兰达洛修道院（位于都柏林西南65公里）。

城堡（Cashel）

这个词在爱尔兰语中是"城堡"的意思，但通常是指圆形石墙结构的城堡，这种建筑的历史可以追溯到爱尔兰早期铁器时代。

李尔王的孩子们（Children of Lir）

李尔王孩子们的悲剧。李尔是爱尔兰的一位神，也是达南神族的一员，他与阿伊菲结婚，后来阿伊菲把他在前一段婚姻中所生的孩子们变成了大天鹅。

费马纳郡（County Fermanagh）

费马纳郡是北爱尔兰西南部的一个郡，由爱尔兰语

"Fir Manach"或"Men of Manach"演变而来。它是北爱尔兰最西部的郡，与爱尔兰共和国接壤，是阿尔斯特省历史上的九个郡之一。

国家公园/森林公园/自然保护区（Country Park / Forest Park/ Nature Reserve）

北爱尔兰有七个政府所有的国家公园，由北爱尔兰环境局（NIFA）管理，包括阿奇代尔城堡国家公园和一些自然保护区。北爱尔兰也有森林公园，但它们是由北爱尔兰林业局管理的。

克罗克纳非拉山（Crocknafeola）

意为"肉山"。莫恩山脉的小森林山峰。

奎尔卡山（Cuilcagh Mountain）

"白垩峰"。这座山因费马纳郡的石灰岩地质特性而得名。

达拉（Dara）

意思是橡树，智慧，硕果累累。这个名字在爱尔兰神话中很常见，据说源于爱尔兰语"Doire"。

厄恩（河）(Erne)

伊莱因（Érainn）是一位女神的名字，她把这个名字赐给了广泛分布在爱尔兰的一个族群，属于费马纳的"Manaig"——一个起源于比利时的凯尔特部落。厄恩河延伸成两个大湖：上厄恩湖和下厄恩湖。

艾米尔（Eimear）

爱尔兰女性名字，意为"雨燕"；阿尔斯特英雄勇士库丘林的名声显赫的妻子。

恩尼斯基林（Enniskillen）

"恩尼斯基林岛"。恩尼斯基林（爱尔兰语为 Ceithleann）是传说中的佛摩尔族巨人巴洛尔的妻子。据说，在斯莱戈的莫伊图拉战役中，她对达南神族的国王造成了致命伤后，游到这座岛上避难，恩尼斯基林岛的名字由此而来。

费奥纳骑士团（Fianna）

被认为是爱尔兰至高王的一支战团驻扎在米斯郡塔拉古都。

芬·麦库尔（Finn McCool）

费奥纳骑士团的首领，也是许多爱尔兰传说的主题。

佛摩尔人（Fomorian）

一个传说中的邪恶巨人种族，他们的首都在多尼戈尔郡的托里岛。他们与达南神族作战，奴役爱尔兰。

格伦达洛（Glendalough）

"两湖峡谷"，位于都柏林西南65公里的威克洛山国家公园。它是一个古老的修道院城市，有纪念碑和圆塔，可以追溯到六世纪，即爱尔兰的中世纪早期。由圣凯文创立。

金翅雀（Goldfinch）

金翅雀对应的爱尔兰语为"lasair choille"，翻译成英语还有"森林之火"的意思。

岛（Inish）

爱尔兰语中岛的意思，有"inch"或"inse"的变体。它通常被英语化为"Inish"或"Ennis"，比如恩尼斯基林的英文为"Enniskillen"或"Inis Ceithleann"。

伊尼斯·格莱尔岛（Inishglora）

位于梅奥郡米莱（埃里斯）半岛旁，爱尔兰西海岸附近的一个无人岛。达拉的曾祖母出生在埃里斯地区。

拉甘河（Lagan）

这个词的本义指低洼地区的河流。拉甘河是流经贝尔法斯特市的主要河流。拉甘纤道是贝尔法斯特郊区的一条美丽的步行道和自行车道，它穿过贝尔法斯特市郊的树林。

乌鸫（Lon dubh）

爱尔兰语的乌鸫。

洛肯（Lorcan）

爱尔兰语的意思是"勇猛的人"。

湖（lough）

"Lough"是爱尔兰盖尔语单词"loch"的英文拼法，意思是湖。"Lough"的用法往往只适用于爱尔兰，而不适用于英国化的苏格兰地名。

德拉瓦拉湖（Lough Derravaragh）

在搬到爱尔兰和苏格兰之间的莫伊尔海峡之前，李尔的孩子们在这里生活了三百年，然后又在爱尔兰西部的梅奥和伊尼斯格洛拉之间生活了三百年。

金鳟鱼湖（Loughnabrickboy）

位于费马纳郡的大狗森林。

马拉特（Mallacht）

芬恩·麦克库尔和他的猎犬在费马纳追捕的女巫。她名字的意思是"诅咒者"。在追捕过程中，她停下来把猎犬变成了被称为大狗和小狗的石山（布兰和西奥兰）。

麦卡努蒂（McAnulty）

意思是"乌尔斯特人的儿子"。这个氏族是麦克·多里亚维家族的一个分支，他们从唐帕特里克开始统治阿尔斯特王国，或称乌雷德王国，直到1177年被诺曼骑士约翰·德·库西征服。

蒙恩山（Mourne Mountain）

邓恩郡南部的一座花岗岩山脉，以十四世纪定居于此的爱尔兰穆格多纳族（Múghdhorna）或现代爱尔兰语中的"Murna"命名。在1896年珀西·弗伦奇创作的一首歌曲中，它也被称为蒙恩山而变得出名，这首歌被包括唐·麦克林在内的许多艺术家演唱过。而蒙恩山更古老的名字"Beanna Boirche"被一些人认为是山峰，或者出自在三世纪为阿尔斯特国王放牧的神秘牧人"Boirche"

的名字。

科伊尔（Quoile）

意思是"狭窄的"，是邓恩郡唐帕特里克的一条河。河的北岸坐落着英奇修道院，这是诺曼征服前的凯尔特人修道士定居点。科伊勒自然保护区位于河的两岸。

罗西（Rósín）

爱尔兰语名字，意为"小玫瑰"。

萨温节（Samhain）

起源于异教徒的盖尔人的节日，标志着丰收的结束和黑暗冬天的开始。根据历史记录，在苏格兰、爱尔兰和马恩岛，传统上人们从10月31日到11月1日庆祝，并将其基督教化为万圣节。

西奥兰（Sceolan）

布兰的兄弟，芬恩·麦克库尔的传奇爱尔兰猎狼犬之一。

仓鸮（Scréachóg）

爱尔兰语仓鸮的意思是墓地里的尖叫者。

北海峡（Sea of Moyle）

分隔苏格兰西南部和北爱尔兰的海峡，也被称为北海峡或爱尔兰海峡。天气晴朗时可以望见对岸。最窄的地方大约有 18 千米宽。"Moyle" 在爱尔兰语中的拼法是 "Maoile"，意思是光秃秃的顶。

斯列维（slieve）

爱尔兰语中有很多描述山的词，最常见的是 "sliabh"，英语拼作 "slieve"，常见于爱尔兰山或山脉的名称中，也用于山丘。参见山峰（Binn）。

斯列维多纳尔山（Slieve Donard）

它有近 850 米高，令人印象深刻，从海上升起，是爱尔兰的 12 座主要山脉之一。它是北爱尔兰最高的山。圣人多纳特以前是当地的异教徒国王和战士，后来成为圣帕特里克的追随者，他在此处隐居。

斯列维马克山（Slieve Muck）

莫恩山的一部分，意思是"猪的山"或"野猪的山"。北坡是班恩河的源头，它是北爱尔兰最长的河流。

斯列维那撒特（Slievenaslat）

位于卡斯尔韦兰森林公园，意为"木棒或棍子山"，这里仍然有许多柳树和榛树灌木，可能曾用于编织，制作篮子等。

斯托蒙特议会大厦（Stormont）

这座贝尔法斯特的建筑于1998年《贝尔法斯特协议》之后被定为北爱尔兰地方政府议会和行政机构的所在地。

塔姆纳哈里（Tamnaharry）

"在高地的一块竖立的石头上的空地"。在邓恩郡纽里市梅布里奇附近的"Tamnaharry"山上可以有俯瞰一块重要的立石，它有古老的巨石结构。"Tamnaharry"的这个农场是达拉的曾祖父长大的地方。

uaigneas

不容易翻译成英语，但可以表示"一种孤独感，一种怪诞感"。

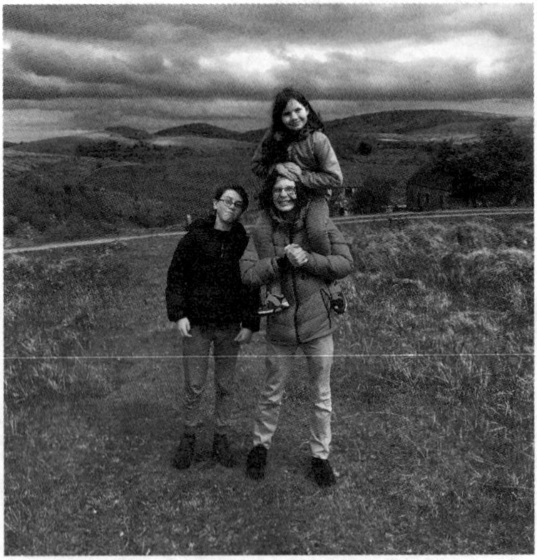

致　谢

衷心感谢我的家人，感谢你们坚定不移、无条件的爱和支持。感谢你们给了我翅膀，让我能朝着自己的方向，按照自己的节奏飞翔。你们的耐心、牺牲、幽默和冒险精神使我茁壮成长，展翅高飞。我希望有一天我能报答你们所有人——妈妈、爸爸、洛肯、布拉希奈德和罗西。你们是最棒的！

致 Little Toller 出版社的阿德里安，他在编辑过程中没有"成熟化"我的声音，而是抚平了我的棱角，给我这个自闭症少年一个讲述自己故事的机会，虽然故事平实朴素并充满了孩子般的好奇。感谢格雷西、格雷厄姆和乔恩，和你们一起工作，一直让人心生谦卑，并深感愉悦。感谢莉莉和卢卡对父母的爱和支持，再次感谢卢卡在最后时刻的校对！希望我们能有另一场冒险。

致托尼·史密斯，了不起的童子军领袖和我的朋友，他让我明白我可以突破自己的极限，走出舒适区，尝试"困难的事情",并最终取得成功!童子军露营是我最美好的童年回忆之一;在树木繁茂的采石场悬崖上吃酢浆草,划独木舟,四处漫步——这些经历让我深受启发。虽然这些回忆在书中未曾被提及,但它们是这本书得以面世的主要原因之一。

致杰出的鸟类学家艾米尔·鲁尼博士和肯德鲁·科尔霍恩博士,你们的指导和专业知识并未让我望而却步,反而使我对猛禽的研究更加痴迷,你们甩不掉我了。抱歉。

致克里斯·帕卡姆,感谢你的友谊和耐心,你是我少年时期烦恼的共鸣板。您浇灌了我的根茎,给了我成长的信心。感谢你对自然世界坚定不移的奉献,感谢你提高了所有年轻博物学家和活动家的声音。(在你烦我之前,我现在就停下来!)

致罗伯特·麦克法兰,感谢你送我哈格斯通石头,以及你对我文学上的建议和坚定的支持、热心和鼓励。从一开始,你就支持我的文字和声音。你是一名绅士,一位学者(这是爱尔兰岛上最高形式的赞美)。

致学校的朋友们和社区的人们——你们让我的世界变成了一个积极的轴心。我或许会在不停的旋转中失去控制,但你们的引力会将我拉回,使我精神保持振奋。

致以下这些为我提供了攀爬脚手架,并为大自然大声呐喊的组织:北爱尔兰猛禽研究组、阿尔斯特野生动物信托

（草根挑战活动）、英国皇家鸟类保护协会、#我愿意活动，我们光明的未来组织和英国国民信托。希望我们能继续为一个更美好的世界而共同努力——我将继续支持你们，并贡献我的力量。

致大自然：我的源、我的根、我的搏击和动力。为我遮挡的树冠。我的盾和剑。

达拉·麦卡努蒂
邓恩郡，2020年

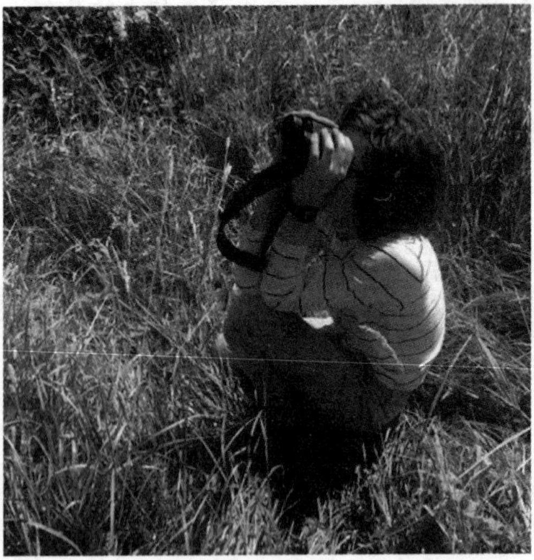